JOYEUX NOËL, TONY !

Liste alphabétique complète des

Romans d'Exbrayat

(Masque et Club des Masques)

	Masque	Club des masques
Aimez-vous la pizza?	700	55
Amour et sparadrap	680	21
Les amours auvergnates	1001	506
Les amoureux de Léningrad	1061	157
Au " Trois Cassoulets "	1154	229
Avanti la musica	715	43
La balade de Jenny Plumpett	1481	
Barthélemy et sa colère	854	354
La belle Véronaise	1210	268
Les blondes et papa	727	126
Bye, bye, chérie	1330	562
Caroline sur son banc	1556	
Ce mort que nul n'aimait	625	133
Ces sacrées Florentines	1046	147
C'est pas Dieu possible	1308	544
Cet imbécile de Ludovic	674	85
Chant funèbre pour un gitan	1012	145
Le château des amours mortes	1608	
Chewing-gum et spaghetti	665	12
Chianti et Coca Cola	897	33
Le clan Morembert	1098	520
Le colonel est retourné chez lui	875	170
Les dames du Creusot	904	398
Le dernier des salauds	958	454
Des amours compliquées	1457	
Des demoiselles imprudentes	721	369
Des filles si tranquilles	1123	529
Deux enfants tristes	1423	555
Dors tranquille, Katherine	762	286
Les douceurs provinciales	1744	51
Elle avait trop de mémoire	583	27
En souvenir d'Alice	1469	
Encore vous, Imogène?	753	118
Espion où es-tu? M'entends-tu?	1761	98
Et qu'ça saute!	1751	106
Félicité de la Croix-Rousse	1033	215
Les fiançailles d'Imogène	1176	197
Les filles de Folignazzaro	797	360
Fini de rire, fillette	1512	568
La haine est ma compagne	1634	
L'honneur de Barberine	1741	
La honte de la famille	831	478

	Masque	Club des masques
Il faut chanter, Isabelle	992	498
Imogène est de retour	706	110
Imogène et la veuve blanche	1406	571
Imogène, vous êtes impossible	801	140
L'inspecteur mourra seul	638	19
J'aimais bien Rowena	1345	575
Joyeux Noël, Tony	1768	63
Ma belle Irlandaise	1719	
Mandolines et barbouzes	1805	80
Marie de nos vingt ans	1380	
Méfie-toi, Gone!	741	67
Les menteuses	1141	223
Les messieurs de Delft	839	312
Mets tes pantoufles, Romeo	1713	
Mortimer, comment osez-vous?	969	294
Ne vous fâchez pas, Imogène	647	75
Le nez dans la luzerne	1597	
Notre Imogène	1070	165
La nuit de Santa Cruz	592	378
Olé! toréro	788	303
On se reverra, petite	824	47
Le petit fantôme de Canterbury	1392	
La petite fille à la fenêtre	1188	239
Plaies et bosses	919	59
Le plus beau des Bersagliers	779	88
La plus jolie des garces	1728	
Porridge et polenta	1291	345
Pour Belinda	975	393
Pour ses beaux yeux	1167	537
Pourquoi tuer le pépé?	1220	256
Le quadrille de Bologne	1821	102
Quand Mario reviendra	1240	318
Quel gâchis, inspecteur	814	39
Qui veut affoler Martine?	1278	336
Le quintette de Bergame	978	181
Le sage de Sauvenat	1667	
Sainte Crapule	1256	327
Le temps se gâte à Zakopane	1840	92
Ton amour et ma jeunesse	1227	247
Tout le monde l'aimait	1086	205
Trahisons en tout genre	1566	
Tu n'aurais pas dû, Marguerite	1430	
Un bien bel homme	1116	277
Un cœur d'artichaut	1536	487
Un garçon sans malice	1782	
Un joli petit coin pour mourir	1020	190
Une brune aux yeux bleus	935	71
Une petite morte de rien du tout	893	414
Une ravissante idiote	1827	114
Une vieille tendresse	1645	
Vous auriez pas vu la Jeanne, des fois?	1755	
Vous manquez de tenue, Archibald	872	384
Vous souvenez-vous de Paco?	616	5
Le voyage inutile	925	441

EXBRAYAT

JOYEUX NOËL, TONY!

LIBRAIRIE DES CHAMPS-ÉLYSÉES

PROLOGUE

J'aime bien Courchevel. Là-haut, je ressens l'impression de ne plus guère appartenir à ce monde des hommes où je suis, d'ordinaire, obligé de vivre et dans des conditions pas tellement normales. Sous le couvert de servir mon pays, j'ai commis pas mal d'actions nécessaires sans doute mais dont je ne suis pas particulièrement fier lorsque — comme on disait du temps de la monarchie de droit divin — je me retire en mon particulier. A trente-quatre ans, ma seule excuse pour avoir tué une demi-douzaine de mes semblables c'est qu'ils avaient manifesté, d'abord, l'intention de m'expédier là où je les ai envoyés. Pour tout dire, depuis huit ans, je suis un agent des Services Spéciaux. Un métier où il n'est pas de bon ton de faire la fine bouche ou de se montrer assailli par les scrupules.

J'aime bien Courchevel mais surtout en avant-saison, lorsque les familles ne sont pas encore arrivées pour se livrer aux joies coûteuses des sports d'hiver dans une station réputée. Je ne prise guère les familles. Peut-être parce que la mienne s'est depuis bien longtemps dissociée, peut-être aussi parce que m'a manqué le goût ou le courage d'en fonder une et que, sentant venir l'âge, je commence à le regretter. Mais, j'ai vu tant de salauds, tant de garces dans mon existence que je puis invoquer quelque excuse à me montrer méfiant. En bref, je n'ai pas encore rencontré celle qui m'inspirera assez de tendresse pour m'inciter à abandonner un métier que j'exècre mais auquel je suis profondément attaché. Et puis, dans ce cas, que deviendrais-je? Je manque de références ou mieux, celles que je possède ne sont point de nature à soulever l'enthousiasme d'aucun patron.

Si, dans ces jours précédant Noël je me trouvais, contre mon habitude, à Courchevel, c'est que j'avais été retenu jusqu'à présent par un travail délicat. J'avais même failli ne pas prendre de congé en dépit d'un urgent besoin de m'oxygéner, de respirer un air pur après toutes les saloperies auxquelles je venais d'être mêlé pendant près de trois mois. Le directeur de mon service l'a fort bien compris. C'est lui qui m'a mis presque de force dans le train. Je lui suis sympathique, surtout quand je réussis dans les tâches qu'il me confie.

Voilà près d'une semaine que je suis arrivé. Durant le jour, je me promène loin de ces tumultes de snobs, m'écartant des pistes où, en équilibre instable sur des skis de luxe, des filles font admirer les dernières créations des couturiers parisiens. Mais, le soir, quand je referme sur moi la porte de ma chambre, alors, ma solitude me paraît plus grande, plus profonde, plus définitive que dans n'importe quelle cité. Ce silence sans espoir des chambres anonymes, je ne sais rien de plus démoralisant. Malgré ma volonté, sitôt que je me suis assis dans mon fauteuil, je cède au même vertige. Que je le veuille ou non, l'absence de bruit m'oblige à des retours en arrière d'où je reviens fatigué, écœuré, démoralisé. Et tous ces « si » avec lesquels ceux qui ont raté leur vie, la recommencent

— en esprit — chaque soir, afin d'aviver leurs regrets ou se fortifier d'espoirs auxquels ils ne croient même pas! Lorsque je sens que je suis bien englué dans mes remords inutiles, je me lève, je m'ébroue comme un chien sortant de la mare où il a sauté, et je file vers le Drugstore ou le Chalet de la Loze pour retrouver les autres, ces autres que je ne supporte pas, mais dont je ne parviens pas à me passer.

C'est au Drugstore que j'ai rencontré Danielle sans qu'il y ait rien eu de providentiel ou de romantique dans cette rencontre. Elle était seule à sa table, j'étais seul à la mienne. Cela suffisait pour que nous nous adressions la parole. Au-dessus de 1 500 mètres les conventions s'amenuisent. Nous avons sympathisé du premier moment. Elle m'a confié presque tout de suite, qu'elle travaillait en qualité de secrétaire dans une grosse affaire de fibres de verre à Paris. Je lui ai dit que je m'occupais d'assurances, parlant de la Lloyd pour me poser. Elle m'a présenté son frère qui ressemblait à ces gigolos que les dames riches et un peu folles de l'entre-deux-guerres traînaient dans leur sillage. Il m'a très vite porté sur les nerfs le dénommé Jean-Claude. Le devinant sans doute, il ne s'est pas incrusté. Danielle et moi, avons dîné ensemble, dansé un peu, bu un verre et nous sommes séparés en nous donnant rendez-vous pour le lendemain en vue d'une longue promenade, car elle non plus n'était pas tellement passionnée de ski.

C'est étrange comme, du premier moment, nous nous sommes trouvés, Danielle et moi, accordés sur une même longueur d'onde. Nous avions des goûts jumeaux, des aversions identiques, des rêves à peu près semblables. Je commençais tout de bon à croire que je l'avais enfin découverte, celle que je cherchais depuis pas mal de temps déjà sans trop oser me l'avouer. J'y allai prudemment, procédant par petits coups de sonde. Je craignais tellement la désillusion, la chute... Mais non, tout semblait aller le mieux du monde. Danielle, orpheline, vingt-neuf ans, avait veillé sur ce Jean-Claude de quatre ans son cadet. Maintenant, elle renonçait. L'existence n'avait point toujours été tendre pour elle et elle ne se proposait pas en exemple de vertu irréprochable. Elle gagnait confortablement sa vie. Maintenant, à l'orée de la trentaine, elle souhaitait faire une fin, jeter l'ancre, quoi ! De mon côté, je ne pouvais prétendre aux lauriers du prix Monthyon, de plus, les oies blanches ne m'inspirent pas tellement confiance. Et puis, ce genre de demoiselle ne jette pas son dévolu sur des types faits comme moi. Ce qui m'embêtait, c'était de penser qu'il me faudrait, à un moment ou à un autre, révéler mon vrai métier à Danielle. Je sais bien que je pourrais lui raconter que j'occupe un poste de fonctionnaire au ministère dont je dépends mais elle n'est point sotte et finirait par remarquer que j'ai un drôle d'emploi du temps. D'ailleurs, je ne suis pas partisan des cachotteries, du moins quand on peut les éviter et puis j'avais suffisamment confiance en elle pour me persuader qu'elle encaisserait la nouvelle avec sang-froid.

Je dois souligner que les choses évoluèrent moins rapidement qu'elles ne le semblent à la manière dont je rapporte les faits. A y bien réfléchir, c'est même curieux car d'ordinaire, je ne suis pas du genre timide avec les filles. Je mène une existence un peu trop précaire pour me permettre de perdre mon temps en approches subtiles, en petits soins attentifs et autres calembredaines réservées à ceux qui ont un avenir assuré. Par voie de conséquence, je n'ai jamais eu affaire qu'à des petites peu compliquées qui ne se posaient guère de questions et qui, entre deux rendez-vous, ne s'interrogeaient pas sur les preuves de la mansuétude divine ou les rapports de l'être et du néant. Pourtant, je me rappelle deux ou trois femmes avec lesquelles je pense que je me serais entendu pour longtemps, seulement elles exerçaient le même métier que moi. Elles sont mortes. Elles servaient sous d'autres couleurs que les miennes.

Le lendemain de notre rencontre au Drugstore, Danielle m'a averti :

— Si vous cherchez une aventure, Tony, autant vaut que nous nous quittions bons amis et tout de suite. Dans Courchevel, vous trouverez sûrement ce qui vous intéresse. Personnellement, j'attends autre chose, je veux autre chose.

Le point ainsi fait, nous avons passé trois jours merveilleux, enfin, merveilleux parce qu'ils marquèrent la naissance d'une tendresse d'abord assez vague mais que les heures affermissaient. A la vérité, sur le moment, on ne prête pas tellement attention à ces compagnes de hasard, quand on ne les a pas sous les yeux, mais, c'est à l'instant où vous éprouvez une gêne de leur absence, que tout commence. Dès le deuxième soir, je l'ai ressentie, cette gêne, lorsque Danielle m'a quitté sous je ne sais quel prétexte. Et ce soir-là, je me suis couché en souhaitant être très rapidement au lendemain matin pour la retrouver. J'étais pris. De son côté, il me semble que les sentiments allaient à peu près le même train. Ce qui ne trompe pas, c'est qu'il nous arrivait de rester côte à côte silencieux, heureux d'être près l'un de l'autre. Du coup, je regardais les gosses avec moins d'aversion. Malgré moi, je songeais que peut-être un jour il y aurait un petit Tony à califourchon sur une luge et que je le traînerais sur la neige... Ah! quand on laisse partir l'imagination, pour la rattraper, c'est toute une histoire! Nous nous trouvions sur l'avancée du plateau dominant la vallée, lorsque je pris la main de Danielle dans la mienne.

— Je serais heureux, Danielle, profondément heureux si nous pouvions vivre notre premier Noël ensemble.

Alors, elle m'a regardé franchement, bien dans les yeux comme pour se rendre compte si j'étais sincère ou non.

— Moi aussi, Tony.

Nous ne nous sommes pas embrassés comme dans les romans d'amour; simplement j'ai serré un peu plus fort sa main et je crois que ce fut là notre première caresse, le premier aveu que nous échangeâmes. Nous nous sommes souri dans le vent froid qui nous baignait comme pour nous laver, nous rendre tout propres, tout neufs, prêts à tout recommencer. Je ne pense pas avoir connu pareille joie. Je me répétais qu'au côté de Danielle, tout serait facile. Bras dessus, bras dessous, nous sommes redescendus vers l'hôtel où celle que je considérais déjà comme ma fiancée, habitait avec son frère. Nous avons pris le thé à une table près de l'âtre et sans même nous être concertés, avons commencé à bâtir un avenir commun. Je me laissais emporter par l'euphorie du moment, lorsque, reposant sa tasse, Danielle rit :

— C'est Jean-Claude qui va en faire une tête quand je lui apprendrai nos projets!

Si Jean-Claude devait faire une tête, je lui conseillais vivement, dans son intérêt, que ce fût une tête aimable! Danielle dut deviner mes pensées car elle ajouta :

— Je veux espérer que vous vous entendrez bien tous les deux, sinon j'en serais profondément malheureuse.

Je manquai de courage et lui jurai que le Jean-Claude trouverait en moi un frère aîné sur le dévouement duquel il pourrait toujours compter. Je me dégoûtais un peu, mais je n'éprouvais vraiment pas l'envie de lui infliger des soucis et puis, peut-être après tout, le garçon me deviendrait-il sympathique par la suite. Nous vécûmes une heure très douce à parler de lendemains roses et bleus dont la chaîne se perdait très, très loin. Pendant une courte absence de Danielle, le vendeur de journaux passa. J'achetai *France-Soir* et le feuilletai machinalement, lorsque mes yeux butèrent sur le titre d'un fait divers : *Meurtre aux Quinconces*. Je me mis à lire sans prêter tellement d'attention au texte lorsque je tombai sur le nom de la victime et tout se mit à tourner autour de moi.

— Qu'avez-vous, Tony? Qu'est-ce qu'il vous arrive?

Je sortis de l'espèce d'hébétude où j'étais plongé depuis un moment pour désigner du doigt, à Danielle, l'article ayant trait au meurtre de Bordeaux. Elle reprit sa place en face de moi et se mit à lire à mi-voix. Un certain Bertrand Triviers avait été ramassé au matin, sur le quai, près de la place des Quinconces, le front troué d'une balle. Danielle leva les yeux vers moi.

— Et alors? Vous connaissiez ce garçon?

— Oui...

Elle eut un air dégoûté :

— Décidément, il faudra qu'à l'avenir, je surveille vos relations!

— Pourquoi?

— Mais ce type-là, d'après ce qu'ils disent, était une sorte de flic!

— Et... vous n'aimez pas les flics?

— Ils me répugnent tous, tant qu'ils sont!

Dommage, elle me plaisait bien...

— C'est embêtant ça, Danielle...

Ce fut à son tour de me demander pourquoi.

— Parce que je suis un flic.

Elle témoigna d'abord de la plus parfaite incrédulité puis quand elle se fut convaincue que je disais la vérité, son visage se transforma, se ferma, s'enlaidit et à travers ses lèvres serrées, l'injure fusa :

— Salaud !

Je la contemplai, stupéfait. Était-il possible, réellement, qu'il s'agît de la même femme, de celle dont je tenais la main quelques instants plus tôt ?

— Un flic ! Et vous avez osé... Salaud ! Les types comme vous,Tony le flic, ils me donnent envie de vomir, vous entendez ? Vomir !

J'entendais parfaitement mais je n'avais pas envie de répondre. A quoi bon ? Elle continuait sur sa lancée :

— Et vous vous figuriez que je deviendrais l'épouse d'un flic, moi ? Mais vous me preniez pour quoi ? Ça vous retourne parce qu'on a descendu un de vos collègues ? Eh bien ! moi ça me fait plaisir ! Et j'espère qu'il a salement souffert avant de crever !

Là, elle a eu tort. J'ignore ce qu'il y avait eu entre elle et la police, mais elle a eu grandement tort de parler sur ce ton de Bertrand Triviers. Sans même en prendre clairement conscience, je lui allongeai la plus belle paire de gifles que j'aie jamais flanquée à quelqu'un depuis que je suis au monde.

Elle resta la bouche ouverte, les yeux exorbités mais elle ne cria pas, elle ne dit même rien. Elle était livide et sur ses joues apparaissaient des marbrures. Je me levai, suivi du regard par les clients des tables environnantes. Je souhaitais que quelqu'un de ces beaux garçons se voulût le chevalier de la Dame outrageusement frappée en public. Cela m'aurait soulagé mais, nul ne bougea, sauf

Jean-Claude qui, de la porte, avait assisté à la scène. Il se précipita sur moi au moment où je m'apprêtais à sortir. M'agrippant par une épaule, il m'obligea à me retourner. Jean-Claude est un gars solide mais il n'a pas mon expérience. Il ne me fallut que quelques secondes pour l'envoyer au tapis où il se tortillait, cherchant le souffle qui lui manquait.

Je rentrai à mon hôtel, demandai ma note, montai boucler ma valise et disant adieu à Courchevel, me fis conduire à Brides pour attraper le train de Paris.

Dans le compartiment où d'autres sommeillaient, je ne pouvais trouver le repos. Je ne regrettais rien, ni mon amour perdu, ni mes vacances ratées. Un seul désir m'habitait : me mettre au boulot le plus vite possible et trouver celui qui avait tué Bertrand Triviers pour lui infliger le même sort.

Parce que Bertrand était mon plus vieux, mon meilleur copain.

CHAPITRE PREMIER

Le visage fermé, la bouche haineuse, Christiane m'écoutait patauger dans des phrases dont je ne parvenais pas à sortir. D'habitude, pourtant, je me débrouille assez bien en ce qui concerne le baratin mais cette fois, je bafouillais parce que j'étais sincère. La mort de Bertrand était pour moi, un coup très dur. Maintenant que mon copain n'était plus là, je me sentais vraiment seul au monde. C'est ce que j'aurais voulu dire à Christiane, la veuve de mon ami, mais je m'empêtrais dans les mots, perdais pied dans la syntaxe. Il faut avouer aussi que l'attitude de Christiane ne m'aidait ni même ne m'encourageait. Quand, répondant à mon coup de sonnette, elle avait ouvert la porte, je m'étais brusquement senti intimidé devant cette femme vêtue de noir et soudain étrangère. Cependant, Christiane et moi nous nous connaissions depuis longtemps. Il me semble même me rappeler que c'est par moi qu'elle avait rencontré Bertrand. Me regardant d'un œil froid, elle ne m'avait pas invité à entrer et je m'en étais senti tout décontenancé. Enfin, la responsabilité de la disparition de son mari ne m'incombait pas, tout de même!

— Je peux entrer, Christiane?

Elle s'effaça de fort mauvaise grâce, sans un mot. Dans le vestibule, mon filleul, le fils de Bertrand et de Christiane au bruit de ma voix, courut pour se jeter contre moi de toute la force de ses sept ans mais, presque aussitôt, sa mère le poussa en ordonnant sèchement :

— Rentre dans ta chambre, Marc, et attends que je vienne t'y chercher !

Ne comprenant pas, le petit murmura :

— Mais, maman... C'est... C'est parrain !

— Ne m'oblige pas à répéter, Marc !

Vaincu, le gosse partit dans sa chambre, gonflé de larmes. Quand nous fûmes dans le salon, elle s'enquit :

— Qu'est-ce que vous voulez ?

Sur le moment, je me demandai si le chagrin ne lui avait pas tourné un peu la tête.

— Mais Christiane, il me semble que la mort de Bertrand que j'ai apprise à Courchevel, justifie assez ma visite.

Elle poussa un soupir résigné.

— Bon, allez-y de votre boniment... Les qualités de Bertrand... Le courage de Bertrand... L'amitié fraternelle qui vous unissait à Bertrand... Que Marc et moi pouvons compter sur vous pour nous aider dans nos difficultés... Allez-y, Tony ! Allez-y ! Faites votre numéro ! Débitez votre compliment et fichez le camp !

Tellement décontenancé je ne pouvais articuler un mot. Était-il possible que le malheur la frappant eût changé Christiane au point de refuser une amitié aussi solide que la mienne ? Et puis la colère commençant à m'agiter me rendit mon sang-froid. Ainsi qu'elle m'y invitait, je me lançai dans un discours où j'essayai d'exprimer ma peine de la mort de Bertrand, le vide que sa disparition creusait dans ma propre existence et je terminai, comme prévu, par l'assurance que la veuve et l'orphelin trouveraient auprès de moi une aide qui ne leur manquerait jamais. Tout cela avec des repentirs, des rattrapages, un bafouillis assez lamentable dont l'air revêche de Christiane ne m'aidait pas à triompher. Quand je m'arrêtai, à court d'idées et de souffle, elle se contenta de dire :

— Terminé?

Je hochai affirmativement la tête.

— Je pense qu'il convient de vous remercier? Considérez donc que c'est chose faite et maintenant, si vous voulez bien me laisser...

— Mais Christiane, il y a Marc et...

— Marc est mon fils avant d'être votre filleul et je ne tiens pas à ce qu'il entretienne les moindres relations avec vous!

— Enfin, Bertrand m'avait choisi pour...

— Non, Bertrand a agi comme il lui plaisait et voilà où cela l'a mené! Son fils, mon fils, ne suivra pas le même chemin que lui! Vous et les gens de votre métier, je ne veux plus les voir chez moi! Je ne tiens pas à ce qu'ils contaminent le petit avec lequel il me faut réapprendre à vivre désormais! C'est à cause d'hommes de votre espèce que Marc est orphelin! Partez! Ne comprenez-vous donc pas que je vous déteste, vous et tous ceux qui vous ressemblent?

Je m'attendais à une scène pénible en rendant visite à la femme de mon camarade mort, mais pas à cette explosion de haine. Christiane savait très bien que je n'étais pour rien dans le choix de son métier par Bertrand, mon aîné de deux ou trois ans, et penser qu'une affection que je croyais solide disparaissait d'un coup, me laissait désemparé. Peut-être devina-t-elle ce qui se passait en moi? Peut-être ses nerfs lâchèrent-ils? Mais elle s'effondra brusquement sur ma poitrine en hoquetant parmi ses larmes :

— Tony... Oh! Tony...

En dépit de son chagrin, j'aimais mieux ça!

Marc eut le droit de revenir vers son parrain. Lorsque je quittai la veuve et l'orphelin, ils n'étaient pas consolés mais, du moins, ils avaient la certitude que la disparition de Bertrand ne les laissait pas seuls au monde. Quoi qu'il puisse leur arriver, je serais toujours là. Je pris congé de Christiane et de son fils. Le gosse reparti dans sa chambre, je promis à la femme de mon ami :

— J'ignore tout de l'affaire sur laquelle Bertrand travaillait. Mais, en vous quittant, je me rendrai directement chez le patron pour lui demander de prendre le relais parce que, désormais, entre le meurtrier de Bertrand et moi, c'est une question personnelle. Je vous donne ma parole, Christiane, que je l'aurai.

Tandis que je descendais l'escalier, à travers la porte palière de l'étage au-dessous de celui qu'habitaient Christiane et Marc, me parvint l'écho d'une rengaine qui fut longtemps à la mode à la libération : *Le gros Bill.* Je m'arrêtai sur une marche, le souffle court, étreint par une émotion profonde car *Le gros Bill* était la chanson mascotte de Bertrand qui ne cessait de la siffloter. J'avais le sentiment qu'après mon entrevue avec Christiane, mon copain mort, par le truchement de cette chanson — de sa chanson — voulait me témoigner son approbation.

Notre chef — que nous appelons Patron le plus simplement du monde — ne répond absolument pas à l'idée qu'on peut avoir de cette sorte d'homme. A le voir, vous le prendriez pour le directeur commercial d'une grosse entreprise. Il est grand, assez mince, le cheveu blanc et toujours vêtu de la façon la plus classique. Un genre à inspirer confiance aux petits épargnants et au curé de sa paroisse. Avec cela, d'une courtoisie sans défaut, ennemi des colères inutiles et en bref de tout sentiment hautement exprimé. Pourtant, ce Monsieur respectable a plus de morts sur la conscience que les plus fameux meurtriers de l'histoire criminelle. Dans son bureau douillet, il condamne sans appel des gens qu'il n'a jamais rencontrés. C'est sans doute cette tâche assez effrayante, convenons-en, qui lui donne cet aspect un peu désincarné, un peu hors du monde. A la vérité, l'univers où il vit n'est pas celui du commun des mortels. Célibataire, aucun de ses employés ne sait quoi que ce soit de sa vie privée, en admettant qu'il en ait une. On n'imagine même pas qu'il puisse exister en dehors de son bureau, et que le Patron mange, boive, dorme, est une hypothèse qui déconcerte tous ceux travaillant sous ses ordres.

Il me reçut tout de suite et m'invita à m'asseoir dans le fauteuil en face de lui, de l'autre côté de son bureau.

— Vous avez écourté vos vacances, Tony?

— Oui.

— A cause de Bertrand?

— Oui.

Il soupira.

— Vilaine histoire...

Après un temps de réflexion, il ajouta :

— J'aimais bien Bertrand Triviers.

Ce fut là toute l'oraison funèbre à laquelle mon copain eut droit, mais en dépit de sa brièveté, je compris que le Patron était profondément affecté par la disparition de mon ami.

— Et naturellement, vous désirez prendre la relève.

— Naturellement.

— Comment sa femme a-t-elle réagi?

Je haussai les épaules, jugeant inutile de répondre.

— Je verrai avec le ministre ce que nous pouvons faire pour elle et pour son fils, votre filleul, je crois?

— En effet.

Il se passa la main dans les cheveux, d'un geste las.

— Ce n'est pas le premier de mes agents qui nous quitte de façon brutale. C'est dur, très dur de s'y habituer. Vous étiez au courant de sa mission?

— Non.

— Dans ce cas, voici ce qu'il en est. A Bordeaux, plus précisément à Bègles, il y a une usine dirigée par un M. Tournon qui travaille pour la Défense nationale. On y poursuit des recherches sur des instruments de mesure. Peu de gens sont au courant des activités réelles de l'entreprise qui, pour l'opinion, fabrique des instruments de précision en tous genres. Les ingénieurs de Tournon se penchent, depuis plusieurs années, sur le problème de la miniaturisation. La réussite dans ce domaine permettrait des économies considérables dans la fabrication des fusées d'interception, question où les Russes affirment avoir obtenu des résultats déterminants. En haut lieu, on est sceptique. Il y a quelques mois, un ingénieur de Tournon, Marc Gajan est parvenu à une solution jugée fort intéressante par les spécialistes. Pour ne pas attirer l'attention des agents étrangers, on a préféré laisser Gajan continuer ses travaux à Bègles. Il semble qu'on ait eu tort. Il a disparu depuis quinze jours.

— Avec ses plans?

— Bien sûr.

— On a perdu sa trace?

— Totalement. L'autre dimanche, il est rentré d'une

promenade en automobile avec sa femme. Les voisins ont vu cette dernière lui remettre la clef du garage qui est à quelque cinq cents mètres de leur villa et depuis, personne n'a eu de ses nouvelles. Il semble s'être volatilisé.

— Avec sa voiture?

— Avec sa voiture. L'enquête menée tout au long de la frontière espagnole n'a absolument rien donné et nos hommes, de l'autre côté des Pyrénées, n'ont entendu parler de rien qui pourrait, d'une façon ou d'une autre, se rapporter à Gajan lui-même ou à son invention.

— Et sa femme?

— Elle ne bouge pas. Elle paraît véritablement inquiète et c'est elle qui a signalé la disparition de son mari.

— Son compte en banque?

— Identique à ce qu'il était il y a six mois, fort modeste. Aucune opération de retrait, pas trace de versement.

— Les plans?

— Disparus avec Gajan qui ne s'en séparait pas même quand il partait se promener tant il craignait une indiscrétion.

— Tournon?

— Au-dessus de tout soupçon, semble-t-il.

— Alors?

— Alors, je n'en sais pas plus que vous. Nous avons quelqu'un sur place, à Bordeaux, un auxiliaire qu'on utilise à l'occasion, Antoine Salvagnac. Il n'y comprend rien, pas plus que la police. Ce Gajan menait une existence exemplaire. On ne lui connaît aucun vice, aucune passion. C'est un homme essentiellement de laboratoire. De l'avis de ceux qui l'entouraient, il adorait sa femme. En bref, le dernier à pouvoir être soupçonné d'une fugue.

— Politiquement?

— Il ne paraît pas que la politique l'ait beaucoup passionné. Il n'en parlait pour ainsi dire jamais. Il ne semble pas, d'après sa femme et ses amis, qu'il ait éprouvé la moindre inclination pour le camp oriental, mais il est bien évident que s'il en avait été autrement, il eût dissimulé ses penchants.

— Ses lectures?

— Livres de sciences, romans policiers.

— Des amis?

— Des relations... Ses collègues de l'usine et un certain Fred Sougeal, amoureux d'Evelyne Gajan mais au su et vu de tout le monde. Une sorte de chevalier servant qui aurait perdu tout espoir de matérialiser ses espérances et qui en aurait pris son parti.

— Puis-je vous demander votre opinion?

— Honnêtement, je n'en ai pas. Cependant j'incline à penser que Gajan avait médité son coup depuis longtemps, et qu'il a filé.

— Vers l'Est?

— Vers l'Est.

— En abandonnant sa femme?

— Pourquoi pas? Quand un type se persuade qu'il a une mission à remplir, plus rien ne compte à ses yeux. Maintenant, il est encore possible que son épouse nous joue la comédie et qu'elle attende le moment propice pour rejoindre son mari. Nous ne pourrons la surveiller éternellement.

— Pour quelles raisons le rejoindrait-elle? Par amour?

— C'est possible. N'oubliez pas non plus que les travaux de Gajan valent des millions et des millions. Sans aucun doute, nombreux sont ceux qui sont disposés à lui acheter son invention très, très cher. Mme Gajan est une femme d'une trentaine d'années, fort jolie, paraît-il, très élégante. Je pense qu'une existence plus que confortable sous d'autres cieux, est une éventualité qui ne serait pas pour lui déplaire. Mais j'ajoute que ce n'est là qu'une supposition, plus ou moins malveillante que rien, jusqu'ici, n'est venu étayer.

— Et Bertrand dans tout ça?

— Je l'ai envoyé à Bordeaux, essayer de comprendre ce qui s'était passé. Sa mort démontre qu'il était tombé sur une piste intéressante. Malheureusement, Tony, votre ami avait un grave défaut : il voulait étonner. Il adorait les coups d'éclat, si bien qu'il ne s'est pas ouvert à Salvagnac de ses découvertes et on n'a pas pu le protéger. Toutefois, sa mort sera un ultime service qu'il nous aura rendu. Nous savons, maintenant, que la fuite de Gajan n'a pas effacé toutes les traces. Je pense, pour ma part, mais sans aucune garantie, que Bertrand est peut-être tombé sur ceux qui ont organisé le départ de l'ingénieur.

— Bon, qu'est-ce que je fais?

— Vous prenez le rapide de Bordeaux de dix-huit heures trente. Vous couchez à l'hôtel *Splendid,* vous y passez une bonne nuit et demain matin vous vous rendez chez Salvagnac qui dirige un garage. Vous lui louerez une voiture — une Vauxhall verte — qui aura des ennuis... supposés, rassurez-vous, mais dont les caprices imaginaires vous permettront — le cas échéant — d'avoir de fréquents contacts avec votre collègue.

— Et, à Bordeaux, je suis chargé de retrouver Gajan?

Le patron me regarda fixement.

— Gajan, je m'en fiche, Tony, ce qu'il me faut, ce sont ses plans.

*
* *

Je n'avais pas sommeil et je n'étais pas le moins du monde fatigué. Ayant abandonné ma valise aux mains d'un groom, j'allai me promener à travers Bordeaux endormi. J'éprouve une inclination ancienne pour cette ville et, remontant le cours de l'Intendance, je me donnai le plaisir d'errer à ma fantaisie au hasard des rues, à seule fin de renouer connaissance avec la vieille cité girondine. La nuit, bien qu'on fût aux approches de Noël, était assez douce. Il faisait bon marcher d'un pas vif, les mains dans les poches du pardessus au col relevé. Parfois, je croisais des couples aux allures furtives que ma présence dérangeait visiblement. Plus tard, ceux-là aussi seraient tenus pour des gêneurs par d'autres couples encore à naître. Un nom lu au hasard du regard sur une vitrine, me remit mon copain Bertrand en mémoire. Peut-être, Triviers en débarquant à Bordeaux, avait-il erré par ces mêmes rues, souriant, détendu, rêvant aux cadeaux qu'il offrirait à Christiane et à Marc? Il n'en fallait pas davantage pour que mon euphorie se dissipât au vent pointu qui, brusquement, se levait comme pour me rappeler que je n'étais pas venu en pays Bordelais pour goûter des vacances imprévues. Quelque part, dans cette ville, un homme dormait, un homme qui avait tué Bertrand Triviers, mon ami, un homme que je tuerais.

*
* *

Le garage de Salvagnac se dressait non loin de la place de Luze, dans une rue débouchant perpendiculairement sur le cours du même nom. Le garçon qui me reçut montra bien quelque étonnement d'apprendre que je désirais louer une Vauxhall pour la durée de mon séjour à Bordeaux. Il se gratta le crâne, nettement désorienté :

— Vous tenez vraiment à cette marque?

— J'ai la même à Paris et j'y suis habitué.

— Bien sûr... Écoutez, ça serait préférable que vous voyiez le patron parce qu'une Vauxhall on en a bien une, mais je ne pourrais pas vous dire si elle est en état de rouler ou non.

Exactement ce que je souhaitais : qu'on me conduisît à Salvagnac sans que j'eusse demandé à le rencontrer.

— Vous voulez m'attendre un moment?

Tout le temps qu'il estimerait nécessaire, le brave gars! Je me baladai à travers le garage, passant d'une voiture à l'autre, regardant celui-ci plongé sur un moteur, cet autre lavant une carosserie au jet, cet autre encore, se glissant sous une vieille Citroën fatiguée, Je mettais tous mes soins à me montrer. Il me fallait donner l'impression du brave client qui ne cherche pas à passer inaperçu, plutôt sympathique, et à qui on ne tiendrait pas trop rigueur d'embêter les compagnons avec ses remarques plus ou moins intelligentes.

— C'est ce monsieur, patron...

Je me retournai lentement.

— Voilà le patron, monsieur... Il vous dira pour la Vauxhall...

Le mécano s'éloigna, conscient d'avoir rempli son devoir.

— Il paraît que vous désirez louer une Vauxhall, monsieur?

Salvagnac se présentait comme un athlète, sympathique et, sans les quelques cheveux gris argentant ses tempes, on l'eût pris pour un avant de rugby du B.E.C.

— Oui, je suis habitué à cette marque. J'en ai une à Paris de couleur verte.

— Vraiment? C'est curieux, car celle que je puis mettre à votre disposition est de même couleur.

— Tant mieux!

— Seulement, ce sera assez cher...

— Assez ou... trop?

— Voulez-vous me suivre, nous allons voir ça ensemble.

Sitôt la porte du bureau refermée sur nous, Salvagnac me lança :

— Vous connaissiez Triviers?

— Mon meilleur ami.

— Ah!... Et vous êtes ici...

— Pour rencontrer celui qui l'a descendu.

— O.K.!

Il me tendit une main solide.

— Je vous souhaite de réussir car pour le peu de temps que je l'ai vu, Triviers m'a plu. Naturellement, je suis à votre disposition pour tout ce que vous déciderez d'entreprendre!

— Pour être franc, je dois ajouter que je suis aussi ici pour récupérer les plans d'un certain Gajan et, le cas échéant, le dénommé Gajan lui-même.

Le garagiste hocha la tête.

— Ça sera sans doute plus difficile.

— Parce que?

— Parce qu'à l'heure qu'il est, il doit être loin!

— Des preuves?

— Non, une idée comme ça.

— Si Gajan était parti, pourquoi aurait-on cru nécessaire de tuer Triviers?

Il parut réfléchir.

— J'ai le sentiment que votre copain a découvert la filière utilisée par Gajan pour se débiner. Dans ce cas, les types de la filière devaient supprimer Triviers pour sauvegarder leur anonymat.

— Vous connaissiez Gajan?

— Pas avant d'avoir reçu l'ordre de m'occuper de lui.

— Je ne comprends pas?

— Je pense que lorsqu'on a su à Paris qu'il arrivait au terme de ses recherches, on a jugé bon de le surveiller. C'est à ce moment-là que je suis entré en jeu, mais avec des recommandations précises : agir avec la plus extrême discrétion et m'occuper plus spécialement des relations de l'ingénieur, avec ordre d'avertir immédiatement Paris si un nouveau visage apparaissait dans l'entourage de Gajan. Je n'ai rien remarqué d'anormal et j'avoue que je ne comprends absolument pas ce qui a pu se passer.

— Vous avez une opinion, cependant?

— Ce n'est pas à vous que j'apprendrai que dans notre métier, seuls les faits comptent... Mais, si c'est mon sentiment personnel que vous souhaitez connaître, je vous dirai que pour moi Gajan a filé avec ses papiers, qu'il doit compter vendre — ou qu'il a déjà vendus — un bon prix.

— A qui?

— Ça... Vous savez aussi bien que moi que l'acquéreur ne se trahira pas!

— A Paris, on m'a affirmé que l'ingénieur ne se souciait pas de politique.

— Je suis convaincu que la politique, dans cette histoire, n'intervient que du côté de l'acheteur. Gajan a conclu un marché. Il a vendu quelque chose qui lui appartenait en partie. On a dû l'éblouir avec une somme à laquelle ce garçon n'avait jamais rêvé.

— Et, brusquement, ce type modeste, passionné de son travail, bon mari, bon citoyen, abandonne sa femme, son métier, sa patrie?

Salvagnac baissa la voix.

— Là-dessus, j'ai ma petite théorie, mais je ne puis vous en parler ici. Voulez-vous que nous déjeunions ensemble?

On s'imagine communément que les agents du S.R. — quelle que soit la nation dont ils dépendent — sont des aventuriers, se promenant la main sur leur pistolet, prêts à tirer sur leurs confrères et rivaux. C'est enfantin. La plupart du temps, nous sommes réduits à de longues enquêtes qui nous permettent, assez souvent, de coincer un type grâce auquel on peut mettre hors d'état de nuire tout un réseau, et cela sans la moindre effusion de sang. Bien entendu, il peut se produire des accidents et ce qui est arrivé à Bertrand le prouve. Accidents dus généralement à ce que les hommes employés ne sont pas des spécialistes, mais des tueurs, ou bien au fait qu'une histoire de droit commun se greffe sur le problème d'espionnage ou de contre-espionnage. Si d'aventure, Bertrand Triviers avait repéré le refuge de Gajan, il est possible que celui-ci, pour ne pas perdre les sommes escomptées, se soit débarrassé d'un gêneur dont l'action pouvait réduire ses espérances à néant. Dans ce cas-là, je remuerai ciel et terre pour retrouver l'ingénieur et, lorsque je l'aurai retrouvé...

Salvagnac m'a donné rendez-vous dans un petit restaurant du port, sur le quai Sainte-Croix où nous ne risquons pas d'être repérés. Avant de quitter Paris, je m'étais renseigné sur Salvagnac. De beaux états de service avant qu'une blessure grave ne l'eût obligé à une demi-retraite. Je pouvais compter sur lui et je sentais que j'en aurais bien besoin, parce que j'avais l'impression d'être en plein brouillard, sans savoir par quel bout commencer. Évidemment, je rendrais visite au patron de l'usine où travaillait Gajan, je verrais la femme de ce dernier, mais je ne nourrissais guère d'illusions sur ce qu'ils étaient aptes à m'apporter les uns et les autres. Enquêtes, questions, réponses, hypothèses, voilà le fond de notre boulot et je ne cache pas que je commençais à en être sérieusement dégoûté. Pour tout dire, dans ce jour doux et triste, mon moral se révélait d'un niveau assez bas. J'en avais marre, des Services Secrets! Qu'est-ce que j'ai à en foutre de la Défense nationale, moi? A mon âge, je serais mieux inspiré de me dépêcher de fonder un foyer si je désirais voir grandir mes gosses! Seulement, pour réaliser ce programme, il faut être deux au départ... Lorsque je pensais qu'en ce moment, il y avait des gars qui se montaient le bourrichon en lisant les aventures imaginaires des gens supposés nous ressembler, j'éprouvais une furieuse envie de crier de dégoût! Le whisky, les pépées, les bagarres, quelle blague! Le whisky, on a rarement l'argent nécessaire pour s'en offrir une bouteille, et les pépées recherchent un gibier plus reluisant que nous. Il n'y a que les bagarres qui demeurent notre lot, exclusivement.

En touriste qui dispose de tout son temps, je gagnai le quai Sainte-Croix à pied, par les Quinconces, la rue Sainte-Catherine, la rue Victor-Hugo et le bord de la Garonne. Dans ce caboulot, on rencontrait surtout des travailleurs du port plus que des marins. Je dis à une grosse fille brune que je venais de la part de M. Salvagnac et l'on me conduisit à une petite table, dans un renfoncement, près de la cuisine. On risquait d'y étouffer plutôt que d'y être entendu. En attendant mon garagiste, je commandai une anisette arrivée tout droit d'Espagne sans se soucier vraisemblablement de la douane ni des douaniers.

Salvagnac qui jouait bien le jeu, m'annonça à haute voix, en s'approchant de ma table, qu'il croyait bien avoir mon affaire — une Vauxhall verte rangée devant le bistrot — et, après une poignée de main, s'installa en face de moi et se lança dans une description enthousiaste et mensongère de la Vauxhall qu'il se proposait de me vendre. Il n'interrompit son dithyrambe que pour passer commande de lamproies et d'une entrecôte. Nos voisins, un instant distraits par l'arrivée de mon hôte, ne se soucièrent plus de nous et de notre marchandage. Il connaissait la musique, Salvagnac, et cela me fit plaisir. Avec lui, il me restait peut-être une chance de me sortir de ce guêpier où l'affection fraternelle que je portais à Bertrand m'avait lancé tête baissée.

Lorsque la servante nous eut apporté les entrecôtes, Salvagnac, sans changer de ton, me confia :

— Ce qui m'a le plus dérouté dans cette histoire, c'est la femme.

— La femme?

— Mme Gajan... Évelyne...

— Pourquoi?

— Parce qu'il me semble impossible, lorsqu'on a la chance d'être marié à une aussi jolie fille, qu'on puisse la laisser tomber!

Le portrait que Salvagnac me brossa de l'abandonnée, me donna une furieuse envie de rencontrer au plus tôt cette dame.

— Et alors?

— Évelyne Gajan est une personne élégante qui,

visiblement, aime le luxe, la belle vie... Exactement le genre de femme qui rêve de dépenser beaucoup d'argent, et qui enrage de ne pouvoir le faire, parce que la situation de son mari ne le lui permet pas.

— Et prête à n'importe quoi pour assouvir ses appétits?

— Je le pense.

— Conclusion : mise au courant par son époux — ce qui est normal — de l'importance de la découverte faite par celui-ci, elle comprend qu'il y a là une fortune à gagner et, elle finit par persuader Gajan de se soucier plutôt de leur bonheur que de l'avenir du pays. C'est ça?

— Ce peut être ça.

— Et Gajan est homme à oublier ses devoirs pour plaire à son épouse?

— Quand vous connaîtrez Évelyne Gajan, vous admettrez qu'un homme ayant peu l'habitude des femmes, ne puisse guère lui résister!

— Oh! oh!... Vous me donnez envie de la connaître!

— Je suppose qu'il est dans vos intentions de l'interroger?

— Bien sûr...

— Alors, méfiez-vous!

— Rassurez-vous, je suis vacciné sur ce point. Voyons la suite de votre hypothèse... Évelyne Gajan ayant obtenu la permission de son mari, se met en rapport avec des agents étrangers. Comment? Je la vois mal allant frapper à la porte d'une ambassade quelconque?

— Évidemment, non. Mais elle a un soupirant fidèle, Fred Sougeal... Un beau garçon qui dirige une boîte, *l'Anneau de Saturne*... Presque un ami d'enfance...

— Rien d'autre?

— Je ne crois pas, mais sans garantie, hein? Chez

Sougeal fréquente une humanité à qui l'on demande simplement d'avoir de l'argent et, vous devez imaginer qu'à Bordeaux, les échantillons de cette humanité débarquent de tous les coins du globe. C'est l'endroit rêvé pour trouver des acquéreurs quelle que soit la marchandise qu'on désire vendre.

— Ce Sougeal serait complice?

— Pas forcément. Certes, la disparition de Gajan arrange plutôt ses affaires sentimentales... Il peut espérer épouser Évelyne si le sieur Gajan ne donnait plus signe de vie. Mais Évelyne fréquente assez souvent l'*Anneau de Saturne* et là, elle a pu entrer en relation — sans même que Sougeal s'en doute — avec un acheteur éventuel des plans de son mari, préparer la fuite de ce dernier...

— Et Bertrand, dans tout ça?

Avant de répondre, mon hôte but un verre de bordeaux. Il paraissait gêné.

— Écoutez... Je ne voudrais pas vous peiner, mais votre ami avait de curieuses idées... ou plutôt une conception toute personnelle de sa tâche.

— C'est-à-dire?

— S'il n'avait pas tenu à faire cavalier seul, il serait encore probablement en vie. La dernière fois que je l'ai vu, il m'a avoué qu'il croyait avoir une piste sérieuse, mais il a refusé de m'en confier davantage. Il a été tué, quelques heures plus tard et tout est à recommencer.

Je n'avais rien à répondre, car je n'ignorais pas la faiblesse de Bertrand, avide de coups de théâtre. Il entendait tout mener seul et goûtait une joie profonde à vous apporter la solution du problème posé. Seulement, cette fois, il avait trop présumé de ses forces ou mésestimé ses adversaires.

— Vous a-t-il appris qui il avait rencontré?

— M. Tournon, Mme Gajan, sans doute Sougeal... En somme le circuit normal, celui que vous parcourez... S'il a vu d'autres personnes, je ne suis pas au courant.

M. Tournon, le directeur de l'usine où travaillait Gajan, se présentait comme un petit homme nerveux, inquiet, qui, visiblement, n'entendait pas être mêlé à nos histoires. Il me reçut plutôt froidement. Comme je m'apprêtais à exposer le but de ma visite, il m'interrompit assez sèchement :

— Inutile, monsieur Tony Lissey... On m'a téléphoné de Paris. Bien entendu, je regrette ce qui est arrivé à votre collègue, mais j'imagine que ce sont les risques du métier? Quant à Gajan, voici son dossier, je ne pourrais vous en apprendre davantage que ce qui est écrit là-dedans. Prenez-le, emportez-le si vous le jugez nécessaire, mais signez, je vous prie, une décharge auprès de ma secrétaire.

Le temps lui durait que je m'en aille.

— Monsieur Tournon... Les états de service de Gajan m'intéressent peu, à la vérité. Ce que je souhaiterais, c'est le connaître dans la réalité humaine?

— Je ne comprends pas.

— En dehors de ses travaux, quel homme était-ce?

— Ma foi... Nous avions peu de contacts... Mais pourquoi ne pas vous adresser à sa femme?

— Vous la connaissez?

Il me regarda avec des yeux ronds.

— Si je la connais? Naturellement que je la connais! Une femme charmante d'ailleurs.

Il prononça cette dernière remarque du ton dont il m'aurait annoncé qu'il pleuvait, ou, au contraire, que la pluie avait cessé.

— Une épouse est un mauvais témoin.

— Vraiment?

Il paraissait très surpris de ma remarque. J'insistai :

— On ne sait pas grand-chose de ceux auprès de qui l'on vit depuis longtemps...

— Tiens, tiens...

Il parut se plonger dans un abîme de réflexions. Je l'obligeai à émerger de son introspection en lui demandant :

— Dans les conversations que vous aviez avec Gajan...

— Des entretiens scientifiques.

— Jamais d'une autre sorte?

— Je ne me souviens pas... Ici, monsieur Lissey, nous travaillons à des tâches difficiles et qui réclament toute notre attention. Nous n'avons guère le temps de nous livrer aux bavardages mondains. Je tenais Gajan pour un excellent ingénieur. Quant à sa vie privée, convenez qu'elle ne me regardait en rien et, au surplus, elle ne m'intéressait pas.

— Mais... sa fuite ne vous a pas surpris?

— Si, sans toutefois me plonger dans la stupéfaction. Il y a eu des précédents, n'est-ce pas?

— Gajan n'avait pas un collègue avec lequel il se sentait plus en confiance qu'avec les autres?

— Je ne le pense pas. C'était un silencieux... D'ailleurs, votre prédécesseur a interrogé les ingénieurs et il ne semble pas qu'il ait abouti à un résultat. Tout ce qui est arrivé est regrettable sans nul doute, mais à quoi bon se consumer en regrets inutiles? Nous n'avons plus qu'à essayer de pallier les effets de cette désertion en espérant que la prochaine fois, ceux qui seront chargés de la protection des chercheurs assumeront leur tâche avec plus de conviction. Voilà. Maintenant, monsieur Lissey, je vous demanderai de m'excuser, car j'ai énormément de travail...

En somme, il me flanquait dehors, le cher homme.

Dans le petit bureau où travaillait la secrétaire personnelle de Tournon — une femme d'une quarantaine d'années à l'aspect paisible et qui semblait mijoter à l'aise dans un embonpoint déjà nettement visible — je signai la décharge réclamée par l'industriel. J'en profitai pour demander :

— Il est toujours comme ça votre patron?

— Comment?

— L'air de ne s'intéresser à rien et de prendre ses visiteurs pour des gens sans importance?

Elle sourit.

— Monsieur Lissey, je gagne huit cents francs par mois, cela ne me donne pas le droit d'avoir une opinion sur les gens qui m'emploient ou, du moins, de l'exprimer.

Pas sotte, cette secrétaire! Je ne pus m'empêcher de lui dire :

— Vous me plaisez, vous!

— Dommage que vous ne soyez pas venu me faire cet aveu, il y a vingt ans...

Sans la moindre transition, elle ajouta :

— Je m'appelle Suzanne.

Cette révélation me plongea dans l'incertitude et, assez sottement, j'en conviens, je répliquai :

— C'est un joli prénom...

Elle parut surprise de cette affirmation banale.

— Vous trouvez?

— Certainement.

Je me mordis les lèvres ayant failli ajouter que ma mère portait aussi ce prénom. Les yeux mi-clos, la secrétaire murmura comme pour elle-même :

— J'aime bien Tony... C'est original.

S'agissait-il d'une tentative de séduction? Cela tournait au grostesque! Je me mis à reculer doucement vers la porte tout en remerciant Suzanne — puisque Suzanne il y avait — de son amabilité. Au moment où je m'apprêtais à franchir le seuil, elle me lança :

— J'espère que nous nous reverrons? Vous m'êtes beaucoup plus sympathique que votre camarade!

Était-elle stupide ou voulait-elle me laisser entendre quelque chose qu'elle ne pouvait exprimer à haute et intelligible voix? Je revins sur mes pas, intrigué.

— Vous avez vu Triviers?

— Bien sûr... Il est venu comme vous pour rencontrer M. Tournon.

— Suzanne... Bertrand Triviers était mon meilleur ami... Depuis dix ans... Sa mort, je ne parviens pas à y croire... Il faut que je mette la main sur celui qui l'a tué... Pouvez-vous m'aider?

Avant de répondre, elle me regarda longuement de ses yeux quelque peu bovins et répliqua d'un ton pénétré :

— Vous... Vous devez savoir aimer... Votre ami ne m'a prêté aucune attention. J'ai eu l'impression que pour lui je ne comptais pas plus qu'un meuble de cette pièce... Il a eu tort, monsieur Lissey... Une secrétaire depuis bien des années dans une même maison, apprend beaucoup de choses...

— Sur Marc Gajan, par exemple?

— Par exemple...

Je mis les deux mains à plat sur son bureau et me penchai vers elle.

— Suzanne... Je pense que nous ferions bien d'avoir une longue conversation tous les deux?

— C'est possible.

— Où puis-je vous rejoindre lorsque vous en aurez fini avec votre travail?

— J'habite rue Traversanne, presque sur la place du Maucaillou, au... troisième étage à gauche. Je vous attendrai à partir de vingt heures... Peut-être m'emmènerez-vous dîner quelque part?

Je n'eus pas le temps de répondre car M. Tournon, jaillissant de son bureau, sautait brutalement dans notre aimable marivaudage. Il paraissait furieux.

— Suzanne! C'est... C'est honteux... C'est répugnant! La façon dont vous vous jetez à la tête de cet inconnu... La prochaine fois que vous vous livrerez à une scène de séduction aussi ridicule, prenez soin de fermer l'interphone! Ne m'obligez pas à écouter vos insanités!

J'étais navré d'être indirectement la cause de cette réprimande plus que brutale. Mais, je dus me rendre à l'évidence et constater que Suzanne encaissait les reproches de son patron avec un flegme que rien ne paraissait devoir troubler. Lorsque l'autre s'arrêta à bout de souffle, elle se contenta de préciser de sa voix égale :

— Ernest, tu me casses les pieds, et drôlement. J'espère que tu t'en rends compte?

M. Tournon s'arrêta pile au prologue de ce qui eût été sans doute une longue diatribe, rougit jusqu'aux oreilles, me jeta un regard de biais et, pivotant sur ses talons, réintégra son bureau. Toujours aussi paisible, la secrétaire commenta :

— Il est jaloux.

— C'est en effet ce que j'ai cru comprendre. Tout de

même, la prochaine fois, songez à fermer l'interphone.

Elle haussa les épaules.

— Si vous saviez ce que je m'en fous!

Tandis qu'au volant de la Vauxhall, je roulais vers Cauderan où habitait Mme Gajan, je me demandais ce que Suzanne pouvait avoir à me révéler. Ne s'agissait-il pas simplement d'un truc enfantin pour passer une soirée en ma compagnie? Évidemment, le sieur Tournon ne devait pas être un compagnon divertissant... Pourtant, il commençait à m'intéresser, ce Tournon qui en l'espace de quelques minutes s'était montré à moi sous deux aspects bien différents. Le jaloux venu faire une scène à sa maîtresse, en dépit de la présence d'un tiers, ne ressemblait plus du tout au directeur désincarné ne vivant que pour son travail, ne trouvant une raison de vivre que dans son travail. A quel moment mentait-il? Il ne me semblait guère possible que cet homme si furieusement épris de sa secrétaire pût tout ignorer de la vie sentimentale, de l'existence privée de ses adjoints. Plus j'allais et plus je me convainquais que Tournon m'avait joué la comédie. Pourquoi? Mon humeur s'éclaircissait. Je mettais le nez sur une piste qui ne me conduirait peut-être à rien mais qui pouvait... Dans le brouillard où j'essayais de me repérer, le cas Tournon m'apparaissait comme une éclaircie intéressante ou, du moins, curieuse.

Par Salvagnac, je savais que Mme Gajan habitait Cauderan — banlieue ouest de Bordeaux — rue de Longchamps. Rien ne m'assurait qu'elle fût chez elle en ce moment mais je préférais une promenade inutile plutôt que d'avertir de ma venue une dame que je me promettais d'interroger vigoureusement. Je tenais à la surprendre. Au surplus, en cas d'échec, j'essaierais de percer la mentalité de cette Évelyne, à travers la maison, le quartier qu'elle habitait. Je crois beaucoup à l'influence du décor sur le psychisme et je professe que les locataires des grandes unités d'habitation d'aujourd'hui, vont acquérir une psychologie particulière.

Évelyne Gajan était chez elle. Elle répondit presque tout de suite à mon coup de sonnette et sitôt que je la vis, j'en tombai amoureux. Oui, je sais bien, l'exprimer de cette façon semble stupide mais le fait est là, et toutes les circonlocutions employées ne changeraient rien à cette réalité indiscutable : lorsque la porte s'ouvrit et qu'Évelyne apparut, j'en restai cloué, la gorge serrée. Pour me faire comprendre, il me faut rappeler que tous les hommes, au long de leur vie, portent en eux le portrait plus ou moins flou de la femme idéale, de celle qui physiquement, moralement, comblerait tous leurs rêves. Bien évidemment, ils ne la rencontrent jamais, pour la bonne raison que ces créatures de songe n'ont rien à voir avec la réalité. De plus, mis en présence de ces femmes idéales, il est à penser qu'ils ne les reconnaîtraient même pas. Eh bien! à Cauderan, j'entrai brusquement dans le clan de ces rares privilégiés qui ont la chance de pouvoir matérialiser leurs espérances stériles. Je sus, du premier moment, que je ne serais jamais complètement heureux, au sens plein de ce mot, si d'une manière ou d'une autre, Évelyne ne devenait pas ma compagne.

A quoi bon décrire celle que j'aimais déjà de tout mon être? Jolie, bien sûr, et remarquablement faite si j'en devais juger par son élégante silhouette moulée dans une stricte robe noire. Blonde, fraîche, ce qui frappait peut-être le plus en elle, c'étaient ses yeux, pas particulièrement grands, mais d'une douceur, d'une luminosité qui vous réchauffaient le cœur sitôt que son regard se posait sur vous.

Qu'un agent des Service Spéciaux se conduise ou mieux réagisse comme un coquebin en proie aux affres du premier amour, peut étonner, mais nous sommes des hommes semblables aux autres avec les mêmes faiblesses, les mêmes illusions, les mêmes désirs. Evelyne dut se rendre compte de mon trouble car elle me sourit. On eût dit qu'elle souhaitait m'encourager :

— Vous désirez?

— Madame Gajan?

— Oui. Monsieur?

— Lissey, Tony Lissey. Je désirerais vous entretenir au sujet de votre mari?

Aussitôt, son visage changea et des larmes embrumèrent son beau regard.

— Entrez, je vous prie!

Ayant refermé la porte, elle me précéda dans un petit salon d'une bourgeoise et anonyme banalité. Sur une commode, de style Louis XV, une photographie, celle d'un homme encore jeune, aux traits un peu mous, sans rien en lui qui retînt l'attention.

L'homme de ce décor. Je me tournai vers mon hôtesse et montrant le sous-verre :

— Monsieur Gajan?

Elle inclina la tête.

— Voulez-vous me parler de lui? Mais... A quel titre? Qui êtes-vous?

— Disons que j'appartiens à un organisme national qui s'intéresse tout spécialement aux découvertes scientifiques et qui n'aime pas du tout voir celles-ci émigrer vers d'autres cieux...

— Vous êtes le collègue de ce pauvre garçon qui...

— C'est cela même.

Elle me pria de m'asseoir.

— J'aimerais mieux être interrogée.

— Bon... D'avance, je vous demande de m'excuser de la brutalité possible de certaines de mes questions.

— J'imagine que vous ne vous montrerez pas brutal par plaisir, n'est-ce pas?

— Certainement non. Madame. Vous aimiez votre mari?

Elle sursauta.

— Mais... bien sûr? Marc et moi, en six ans de mariage, nous n'avons jamais eu le moindre heurt... Marc, en dehors de son travail, est une sorte d'enfant... Près de moi, il se sent à l'abri de la vie. Il paraît que beaucoup de scientifiques sont ainsi.

— Et pourtant, il vous a quittée?

Frémissante, elle protesta :

— Je ne le crois pas!

— Pourtant...

— Oui, pourtant il n'est pas là... Pourtant il a disparu... Mais je suis convaincue que tout s'expliquera un jour, je garde confiance en Marc.

— Je vous félicite, madame, mais convenez que nous ne pouvons vous suivre dans cette foi aveugle?

— Lorsque... vous ne le connaissez pas...

— En somme, d'après vous, il n'y aurait qu'à attendre le retour de votre mari?

— Je ne puis faire, ni ne souhaite faire autre chose.

— Vous admettrez que je ne me contente pas d'agir de même? Vous n'avez plus eu de nouvelles de Marc Gajan depuis l'avant-dernier dimanche? Je vous serais obligé de me raconter la manière dont les choses se sont passées.

— Ce dimanche-là... ainsi que nous en avions l'habitude, nous nous sommes rendus, pour le week-end, dans la petite maison de vacances que notre ami Sougeal possède de l'autre côté d'Arcachon. Marc a pêché, c'est sa seule vraie distraction... Le dimanche soir nous sommes rentrés vers seize heures. Je suis descendue de voiture pour prendre la clef du garage que nous avons loué rue Cérey, c'est une clef énorme que nous n'emportons jamais. Je l'ai rapportée à Marc. Il est parti. Je ne l'ai plus revu.

Évelyne s'imposa un effort pour essayer de ne pas pleurer. Elle n'y parvint pas et je l'abandonnai un instant à son chagrin.

— Comprenez, madame, que je suis contraint de vous demander de revivre ces instants pénibles. Mon métier est difficile.

Elle sécha ses pleurs et m'adressa un pauvre sourire.

— Excusez-moi, mais, en dépit de ma certitude touchant le retour de Marc, il y a des moments où...

— Où vous en doutez?

Son oui, je le devinai plus que je ne l'entendis.

— Vous avez de la fortune, Mme Gajan?

— Non... Nous vivions du traitement de Marc.

— Avez-vous envisagé l'avenir au cas où votre mari ne reviendrait pas?

— Non... Je travaillerais. J'étais secrétaire autrefois...

— Où cela?

— A l'usine Tournon.

— Ah?

— Oui, c'est là que Marc et moi nous sommes rencontrés.

Décidément, ce Tournon m'avait menti sur bien des points ou plutôt il n'avait pas jugé bon de me confier tout ce qu'il savait.

— Alors, vous connaissez Suzanne?
— Suzanne Crastes, la secrétaire de Tournon?
— Sa secrétaire et un peu plus?
— Oh! C'est une vieille histoire...
— Mais qui dure?
— Il paraît.
— J'ai rendez-vous avec Suzanne tout à l'heure, chez elle... elle me semble disposée à se montrer plus loquace que son patron.
— A quel sujet?
— Au sujet de votre mari, de ses habitudes, de ses relations à l'intérieur de l'usine. Enfin, je l'espère...
— Je ne devine vraiment pas ce qu'elle pourrait vous révéler et que j'ignorerais, car Marc ne se liait pas facilement.
— Après tout, elle ne désire peut-être que se faire offrir un bon dîner?
Elle sourit.
— C'est possible. Suzanne est très gourmande et Tournon ne la gâte pas tellement.
— Il est marié, Tournon?
— Veuf.
— Alors pourquoi n'épouse-t-il pas sa maîtresse?
— C'est à lui qu'il faudrait poser la question.
Un coup de sonnette impératif interrompit notre conversation. Évelyne se leva.
— Excusez-moi...
Après m'avoir laissé seul quelques instants, Évelyne revint en compagnie d'un fort bel homme qui, d'entrée, me fut antipathique. La manière dont il m'examina me donna à entendre que je ne lui plaisais pas davantage.
— Monsieur Lissey... Je vous présente Fred Sougeal, un ami de toujours et qui dans les heures pénibles que je

traverse, est pour moi d'un réconfort précieux... M. Lissey a succédé à ce pauvre garçon qui enquêtait sur la disparition de Marc.

Sougeal me salua brièvement d'une inclinaison du buste à peine esquissée. Je répondis de même et presque tout de suite, il attaqua :

— Alors, on ne va pas se décider à ficher la paix à Évelyne?

— Je me permets de vous rappeler que nous ne nous préoccupons pas de Mme Gajan, mais de son mari.

— Il n'empêche que c'est elle qui a les embêtements.

En habitué des lieux, il se dirigea vers le buffet, en sortit une bouteille de whisky, s'en versa un verre qu'il but d'un trait et omit, sciemment, de m'en offrir. Mme Gajan parut confuse de cette grossièreté :

— Monsieur Lissey, désirez-vous prendre quelque chose?

— Je vous remercie, madame. Permettez-moi de me retirer, car j'ai encore bien des personnes à interroger, mais je reviendrai si vous me le permettez?

— Et même si je ne vous le permettais pas, n'est-ce pas?

— Et même si vous ne me le permettiez pas.

Sougeal intervint brutalement.

— Je ne comprends pas pourquoi tant d'histoires pour un mari qui a filé?

— Parce que d'ordinaire, les maris qui se livrent à des fugues, n'emportent pas des dossiers intéressant la Défense nationale, monsieur Sougeal.

— Vous lisez sans doute beaucoup de romans policiers, monsieur Lissey?

— Je me contente de les vivre, monsieur Sougeal.

— Moi, je suis persuadé que Marc s'est débiné et qu'il

reviendra l'oreille basse pour quémander son pardon! Et nous aurons tous été ridicules!

— Y compris mon collègue Bertrand Triviers qu'on a assassiné? Pensez-vous, monsieur Sougeal que la fugue d'un époux travaillé par le démon de midi nécessite un meurtre?

— Évidemment non, mais... rien ne prouve que le crime soit lié à la disparition de Marc?

— Nous en sommes persuadés et nous appuyons notre certitude sur des preuves. Vous dirigez une boîte de nuit, je crois, monsieur Sougeal?

— Oui, l'*Anneau de Saturne,* rue de Castillon, et après?

— J'aurai plaisir à vous y rendre visite.

— Je ne vous ai pas invité!

— J'ai l'habitude de payer mes consommations.

Revenant vers le centre de Bordeaux, j'essayais de dresser un bilan de ces premières heures d'enquête mais je devais prêter trop attention à la conduite de ma Vauxhall pour raisonner tranquillement. J'arrêtai ma voiture place de la Comédie et m'installai dans un café.

Tournon m'intriguait. Il m'avait indiscutablement mal reçu et me considérait comme un gêneur. Pourquoi? Il connaissait parfaitement Évelyne et avait omis de me signaler son appartenance ancienne au personnel de l'usine. Bizarre... Sa crise de jalousie était-elle feinte ou réelle? Et cette Suzanne que j'allais rencontrer, quel jeu jouait-elle? Quant à Sougeal, de toute évidence, mon arrivée lui déplaisait. Sans conteste possible, il aimait Mme Gajan. Je le comprenais, mais il ne pouvait avoir deviné qu'Évelyne ne me laissait point indifférent; alors, pour quelle raison cette hostilité subite et qui, forcément, s'adressait à mon métier plus qu'à ma personne ? Quant à la jeune femme obstinément fidèle à son mari, elle me touchait, mais je ne l'écartais pas pour autant de ma liste de suspects, Salvagnac m'ayant discrètement mis en garde contre elle. En résumé, une belle salade où le pauvre Bertrand s'était imaginé pouvoir se débrouiller seul. Bien entendu, je n'acceptais absolument pas l'hypothèse d'une fugue de la part de Marc Gajan. On ne tue pas un homme pour empêcher que soit connue votre retraite amoureuse. De plus, quand on a les responsabilités d'un Gajan on ne se sauve pas avec un dossier que l'on sait convoité par des gens prêts à tout pour s'en emparer. Pour moi, il n'y avait que deux hypothèses valables : ou Gajan était passé à l'Est pour y mener une existence de chercheur qui lui plaisait et à laquelle il sacrifiait la tendresse de sa femme (à moins qu'il ne fût convenu avec celle-ci, d'une réunion prochaine) ou Gajan avait été assassiné dans le dessein de lui dérober son invention.

Pour l'instant, il ne me restait pas autre chose à faire qu'à tenter d'accumuler le plus de renseignements possible. Peut-être, tout à l'heure, cette grosse Suzanne flegmatique me fournirait-elle le premier indice valable qui me permettrait de prendre un départ dans la bonne direction.

A vingt heures moins quelques minutes, j'eus la chance de trouver un endroit où loger ma voiture sur la place du Maucaillou et, dans la nuit d'hiver, je me dirigeai vers le numéro 1 de la rue Traversanne. Dans l'entrée de la maison, une boîte aux lettres portait le nom de Suzanne Crastes. Je grimpai au troisième étage. Je frappai à la porte de gauche qui s'ouvrit légèrement sous le choc de mes doigts. La locataire était-elle descendue acheter quelque chose pour me recevoir mieux? J'appelai :

— Mademoiselle Crastes?

On ne répondit pas. J'aurais dû me méfier mais ce sont les pièges les plus simples qui fonctionnent toujours le mieux. Je criai un peu plus fort :

— Vous êtes là, Suzanne?

Toujours le silence. Je poussai carrément la porte et fis un pas en avant. Je n'eus pas le temps d'en faire un second. Le coup m'atteignit derrière l'oreille et je tombai.

CHAPITRE II

D'abord l'impression d'être emporté sur une houle de vaste amplitude dont le balancement me donnait mal au cœur puis, une douleur derrière la tête qui allait augmentant au point que je ne pus retenir un gémissement. En écho, j'entendis une voix qui constatait :

— Ce salaud n'est pas mort...

Quelqu'un, plus loin, beaucoup plus loin, ajouta :

— Dommage...

Cette désinvolture et cette injustice m'indignèrent suffisamment pour me permettre de reprendre conscience. Au prix d'un effort violent, j'ouvris les yeux, parvins à me redresser et, assis sur le plancher, je promenai un regard vague autour de moi. Sur l'instant, je crus être dans un temple par suite des piliers près desquels je me trouvais mais bientôt je dus me rendre à l'évidence : ces piliers étaient des jambes. Maîtrisant l'envie de vomir qui me secouait, je relevai doucement la tête tout en grimaçant, car ma nuque me faisait rudement mal et, tout là-haut j'aperçus un visage pas tellement sympathique. De cette figure que je voyais par en dessous tomba une question :

— Alors, on se réveille?

Plutôt que de me réveiller, il me semblait sortir du néant. Je tendis la main vers le type.

— Et si vous m'aidiez à me relever?

Il ricana :

— Monsieur se sent faible?

Avant que je n'aie pu lui confier en termes choisis ce que je pensais de son attitude, je fus empoigné, mis debout et emporté dans un vertige qui m'eût renvoyé au sol si des mains solides ne m'avaient soutenu. Je me retrouvai avec plaisir dans un fauteuil et bus d'un trait le verre d'alcool qu'on m'offrait. Un autre homme s'approcha de moi et s'enquit courtoisement :

— Vous allez mieux?

— Oui... Je... crois.

— Vous avez encaissé un joli coup sur la nuque... Un spécialiste qui aurait pu vous tuer... Sans doute ne l'a-t-il pas voulu... comptant sur notre venue et sachant que « Partout où sera le cadavre, là s'assembleront les aigles ».

— Réconfortante, votre citation... C'est un de vos types qui m'a arrangé de cette façon?

Mon interlocuteur — un garçon de taille moyenne, aux épaules larges, au visage triste — haussa les épaules.

— En dépit de ce qu'on peut raconter, ce genre d'intervention n'est pas dans nos habitudes... Inspecteur Laframboise de la Sûreté nationale.

— Non?

— Jérémie Laframboise pour préciser et si vous riez, je vous colle mon poing dans la figure.

Tout ceci exprimé sur un ton paisible, comme détaché, mais où l'oreille la moins avertie eût discerné une résolution implacable. Mieux valait rester tranquille. Au surplus, je n'éprouvais nullement l'envie de rire.

— La police?

— Ça vous effraie?

— Ça me surprend... Pourquoi êtes-vous ici, chez Suzanne Crastes?

Au lieu de me répondre, Laframboise adressa un signe aux deux policiers qui, me soulevant chacun par un bras, m'emmenèrent dans une autre pièce où, tout de suite, ils me mirent en présence de Suzanne étendue sur le plancher. Lentement, je me retournai vers Laframboise.

— Morte?

— On lui a fendu le crâne avec cette statuette de marbre. C'est vous?

— Moi, quoi?

— Qui l'avez tuée?

— Vous êtes fou?

— Je ne pense pas. J'exerce mon métier. A propos, quel est le vôtre?

— De quoi?

— De métier?

— J'imagine que vous avez regardé mes papiers?

— Bien sûr, mais les papiers, entre nous, hein?

— Je suis représentant.

— Qu'est-ce que vous vendez?

— Matériel électronique.

— Vous espériez en placer chez Mlle Crastes?

— Vous vous croyez drôle?

— Je ne pense pas que ce soit une réponse, monsieur Lissey?

— Vous savez, inspecteur, je ne vends pas du matériel vingt-quatre heures sur vingt-quatre!

— Vous connaissiez Mlle Crastes?
— Je ne rends pas visite aux gens que je ne connais pas.
— Vous étiez de ses amis?
— Pas encore.
— C'est la première fois que vous veniez ici?
— Oui.
— Quand êtes-vous arrivé à Bordeaux?
— Hier soir.
— Vous connaissiez Mlle Crastes... disons, hier matin?
— Non.
— Curieux, vous ne trouvez pas?
— Les choses les plus simples paraissent toujours curieuses aux esprits compliqués.
— Merci. Vous n'aimez guère la police, hein?
— Pas tellement.
— Puis-je vous demander pourquoi?
— Notre conversation me paraît une explication suffisante, non?

Laframboise ordonna de me ramener dans mon fauteuil mais je récupérais rapidement mes forces et je n'eus pas besoin de l'aide des policiers. Lorsque je fus de nouveau installé, l'inspecteur s'assit à côté de moi.

— Vous admettrez, monsieur Lissey, que mon métier à moi exige que je tire au clair une situation qui m'apparaît fort embrouillée. Il y a une demi-heure à peine, un coup de téléphone anonyme nous apprend le meurtre de Mlle Castres. Nous arrivons et nous vous trouvons sur les lieux. Visiblement, on a voulu vous coller dans une sale situation. Vous auriez pu feindre l'évanouissement à la rigueur, mais une inspection rapide nous a assurés que vous étiez réellement touché, d'autre part, on ne pouvait vous soupçonner de vous être blessé vous-même...

— Pourtant j'ai entendu vos hommes échanger leurs opinions à mon sujet?

Laframboise sembla embarrassé et donna l'ordre à ses lieutenants de sortir. Quand ils eurent quitté la pièce, il m'avoua :

— Ce sont des esprits simples... Ceux à qui le Royaume est promis. Ils vous trouvent dans un endroit où vous n'aviez théoriquement rien à faire, et près d'un cadavre... Ils ont tout de suite sauté aux conclusions les plus faciles... Tâchez de ne pas leur en vouloir et revenons à notre problème... Vous n'avez pas une idée de la raison pour laquelle on a tué Mlle Crastes?

— Si.

— Ah?

— On savait qu'elle s'apprêtait à me fournir quelques renseignements.

— Sur la manière de vendre du matériel électronique?

— Je n'ai jamais été représentant en quoi que ce soit.

L'inspecteur sourit.

— Je m'en doutais, figurez-vous... De quoi donc entendait vous parler Mlle Crastes?

— Je suppose qu'il s'agissait du meurtre de Bertrand Triviers.

Laframboise siffla entre ses dents, pour marquer son intérêt.

— A quel titre cette mort vous intéresse-t-elle?

— Bertrand Triviers était mon meilleur ami.

— Peut-être aussi votre collègue?

— Aussi.

— Vous pouvez le prouver?

Je lui donnai un numéro de téléphone qu'il appela. Il reçut de Paris les confirmations qu'il souhaitait.

— Monsieur Lissey, l'affaire du meurtre de Bertrand Triviers nous a été enlevée. Il paraît que cela ne nous regarde pas. Néanmoins, je déteste qu'on se permette d'assassiner les gens dans une ville qui est la mienne et que j'aime. Officieusement donc, je vous dis que vous pouvez compter sur moi pour vous aider dans la mesure de mes moyens et dans la discrétion la plus absolue.

— Je vous remercie, mais tout de même je me souviendrai de la réception de vos compatriotes!

Je me massai légèrement la nuque pour soutenir mon propos. Laframboise, d'une voix onctueuse, répliqua :

— Rappelez-vous que Luc a écrit : « En entendant cela, ils furent tous remplis de colère dans la synagogue. Et, s'étant levés, ils le poussèrent hors de la ville, et le menèrent jusqu'à un escarpement de la montagne sur laquelle leur ville était bâtie, pour le précipiter en bas. Mais lui, passant au milieu d'eux, s'en alla. »

Tellement ahuri que je ne trouvai rien à répondre et Laframboise ajouta :

— Je vous reconduis à votre hôtel.

Pourquoi ne m'avait-on pas tué comme Bertrand Triviers? Après un bain très chaud, la visite d'un médecin qui me palpa longuement le crâne avant de m'assurer que je n'avais rien de cassé et que j'en serais quitte pour quelques violentes migraines, je m'étais couché dans l'espoir d'un repos réparateur. Mais, trop préoccupé par la mort de cette pauvre Suzanne et par ma propre aventure, je ne pus trouver le sommeil. Une sorte de remords me poignait. Sans moi, Suzanne Crastes vivrait encore. Je la revoyais à son bureau, paisible, souriante aussi bien dans les avances sans fard qu'elle m'avait adressées, que dans la manière fort nette dont elle avait répondu à son patron. Un caractère sans aucun doute. Pour avoir été assommée avec une statuette lui appartenant, il fallait qu'elle connût son visiteur assez pour ne s'en point méfier. Tout de suite, bien sûr, on devait penser à Tournon et à une crise de jalousie possible, mais, Tournon ne m'avait pas donné l'impression d'être un homme porté aux violences physiques. Non, on avait tué Suzanne pour qu'elle ne me parlât pas. Je m'en étais sorti parce que Suzanne morte ne pouvait rien m'apprendre et qu'on n'assassine pas de gaieté de cœur un agent des Services Spéciaux, en raison des représailles possibles. Si Bertrand avait été abattu c'est donc qu'il possédait les renseignements que je cherchais.

Une chose m'apparaissait certaine : j'inspirais la peur puisque le meurtrier recommençait à tuer pour m'empêcher d'arriver jusqu'à lui. Par là, il me prouvait que Bordeaux s'affirmait le cadre où je devais rechercher le meurtrier de Bertrand et — qui sait? — l'assassin de Gajan. A moins que ce ne fût Gajan lui-même qui tuait pour préserver sa retraite? J'en avais déjà tant vu au cours de ma carrière que rien ne pouvait me surprendre.

Mais, comment le meurtrier avait-il su mon rendez-vous avec Suzanne? Certes, il n'était pas exclu que la secrétaire s'en fût ouverte à quelqu'un, mais cette hypothèse était assez improbable, car Mlle Crastes n'eût point parlé à tort et à travers de ce qu'elle considérait elle-même comme une démarche assez secrète, confidentielle pour le moins. En dehors d'elle et de moi, qui se trouvait au courant de notre rencontre? Tournon qui nous avait entendus grâce à l'interphone que la secrétaire avait négligé de couper, et peut-être Sougeal renseigné par Évelyne après mon départ? J'imaginais, sans grand risque de me tromper, que sitôt la porte refermée sur moi, le prénommé Fred avait dû exiger de Mme Gajan le récit complet de notre entrevue. Ainsi, il avait pu être informé de ma prochaine rencontre avec Suzanne.

Je m'étais bourré de comprimés d'aspirine ingurgités avec un demi-flacon de rhum que je préfère à tous les autres alcools. Cette médication, jointe à mes efforts intellectuels pour tenter de comprendre quelque chose à cet imbroglio, me plongea brusquement dans une torpeur qui m'entraîna dans un sommeil sans rêves. Je me rêveillai avec la conviction que je portais un casque d'un poids phénoménal. Pour arranger le tout, je me sentais d'une humeur de dogue et d'un dogue hargneux; le temps me durait de m'expliquer avec MM. Tournon et Sougeal. Il faudrait qu'ils me fournissent d'excellentes raisons s'ils ne tenaient pas à recevoir une raclée. J'appelai Salvagnac par téléphone et le priai de venir me voir en vitesse. Le ton de ma voix dut le convaincre qu'il ne s'agissait pas d'un caprice, car il ne souleva aucune objection.

Les romantiques, les imaginatifs, les fidèles du cinéma se persuadent que les agents des Services Secrets sont tous des durs débarquant dans les villes où leurs missions les appellent, le visage sombre, les mâchoires serrées, la main sur le pistolet qu'ils portent à la ceinture, sous l'aisselle ou plus banalement dans leur poche. Ils se figurent que nous sommes sans cesse occupés à défendre notre peau ou à tenter de faire passer nos confrères d'en face de vie à trépas. La réalité est moins romanesque. Comme tous nos contemporains nous ne tenons pas à quitter trop vite les plaisirs de l'existence.

Et le plus qu'on le peut, on se ménage d'un camp à l'autre pour éviter les chocs en retour. Dans le cas Gajan, j'avais la conviction qu'il ne s'agissait pas, comme à l'ordinaire, d'une bataille entre agents spéciaux, mais bien d'une manœuvre crapuleuse où des « barbouzes » étrangers avaient été sollicités. Une trahison suivie de deux meurtres. En vérité, sans l'histoire de la découverte scientifique de Gajan, cette affaire eût normalement relevé de la police criminelle.

Dès qu'il eut ouvert la porte, Salvagnac s'enquit :

— Un pépin?

— Un pépin qui a failli me rester en travers de la gorge!

— Un gros alors?

— En ce qui me concerne, oui.

Il s'assit à mon chevet et je lui racontai les événements dans l'ordre où ils s'étaient déroulés depuis que nous nous étions quittés après le déjeuner, la veille. Je conclus mon récit en déclarant :

— Tournon ou Sougeal a assassiné ou fait assassiner Suzanne Crastes. De là à conclure que l'un des deux a aussi tué Triviers, il n'y a qu'un pas que je franchis allègrement.

— Et Mme Gajan?

— Mme Gajan?

— Vous semblez l'oublier, mon vieux. Or, c'est d'abord à elle que vous vous êtes ouvert de votre rendez-vous avec Suzanne Crastes.

— Vous la voyez dans le rôle de tueur?

— Pourquoi pas? S'il y a quelqu'un dont cette Suzanne pouvait ne pas se méfier, c'était bien son ancienne collègue, non?

Salvagnac avait raison, mais je répugnais à envisager

cette solution tant il me paraissait sacrilège d'assimiler cette charmante femme à une vulgaire tueuse. Salvagnac ajouta :

— D'ailleurs, si l'idée de la belle Évelyne assommant son amie Suzanne vous choque, pourquoi ne pas admettre qu'elle a prévenu un complice chargé d'exécuter la besogne?

— Sougeal?

— Et pourquoi pas Gajan lui-même?

Je regardai soupçonneusement mon interlocuteur.

— Vous êtes sérieux?

— Et comment! Écoutez, mon vieux, je suis votre aîné de quelques années et vous savez aussi bien que moi que dans ce métier, les années comptent, hein? Eh bien! jusqu'au jour où j'ai été écarté du combat, je me suis sans cesse rendu compte qu'on ratait des trucs tout cuits parce que, le plus souvent, on s'acharne à refuser les solutions les plus simples. Prenez l'affaire qui nous intéresse : un ingénieur met au point une invention que plusieurs gouvernements sont prêts à lui payer très cher, alors que son pays ne se montre pas d'une générosité folle... Il en parle avec sa jeune et jolie femme. Tous deux calculent... Après tout, cette invention lui appartient mais, comme c'est un faible, Gajan songe tout de suite à la fuite, à la cachette... Il se terrera jusqu'à ce qu'il soit à peu près oublié. Ensuite, il partira en compagnie de son épouse fidèle qui aura joué la comédie de l'abandonnée... Seulement, votre copain s'amène et trouble le jeu. Et c'est là qu'il s'est montré maladroit, Bertrand Triviers! Au lieu d'entrer en contact amical avec le couple, ou peut-être avec Gajan pour régler ce marchandage au mieux, il joue les gros bras et réussit à affoler l'ingénieur qui le tue ou le fait tuer pour préserver le secret de sa retraite. Sur ce, vous arrivez et vous tapez dans l'œil de Suzanne Crastes qui doit savoir où se cache le mari de son ancienne collègue. Vous commettez à votre tour une erreur — excusez-moi pour ma brutalité, Lissey — en racontant la chose à Évelyne Gajan. Suzanne est tuée. Vous, on vous épargne, j'ignore pourquoi, mais, après tout, ce n'est peut-être que partie remise?

— Vous n'aimez pas Évelyne, hein?

— Et vous?

Sous ce coup droit, je bafouillai :

— C'est-à-dire que... Enfin, qu'elle m'est apparue... Je veux dire que c'est une fille sympathique.

— Parce qu'elle est jolie?

Il commençait à m'embêter, Salvagnac. Mon embarras ne lui échappa pas.

— Allons, Lissey, devrais-je vous rappeler que dans notre métier, les jolies femmes sont nos adversaires les plus sûrs? Combien d'entre nous sont tombés parce qu'ils ont eu la faiblesse de se laisser prendre à un sourire!

Ce qui m'ennuyait le plus, c'est qu'il avait raison, l'animal.

— D'accord, Salvagnac, vous avez gagné. Ça va changer, je vous le promets. J'ai deux morts à venger maintenant.

— Alors, tâchez de rester en vie vous-même pour mener à bien votre mission.

Mon collègue parti, je me rendormis, pas tellement fier de moi, et confessant qu'à tout âge, on est capable de se conduire comme un sot.

Vers dix-sept heures, je sortis d'un sommeil fiévreux pour me retrouver, mon Dieu, en assez bonne forme. Je ne souffrais presque plus de la tête. D'autre part, le désir de prendre ma revanche me donnait la force qui pouvait me manquer après l'agression dont j'avais été victime. Fasse le Ciel que je me trouve au plus vite en face de celui ou de celle qui a tué ou fait tuer Bertrand et Suzanne Crastes. Nous avons beau savoir que les blessures sont les risques élémentaires du métier, il n'en demeure pas moins que, pas plus que n'importe quel citoyen, nous ne supportons qu'on s'en prenne à nos propres personnes. Si la chance voulait que je pusse rencontrer le type à qui j'étais redevable d'un fameux coup de matraque sur le crâne, j'aurais un plaisir certain à lui payer ma dette.

En bon Français, esclave d'habitudes traditionnelles, le garçon que je sonnai pour lui demander de m'apporter de quoi me restaurer, commença par évoquer l'heure. Monsieur n'imaginait quand même pas que les fourneaux étaient allumés à dix-sept heures? De plus le personnel spécialisé n'arrivait qu'un peu plus tard. Il me fallut longtemps parlementer pour que mon interlocuteur admît qu'un homme apparemment civilisé pût avoir faim en dehors des heures de repas immuablement fixées par les conventions bourgeoises. Je finis cependant par le convaincre de voir s'il ne rencontrerait pas dans les cuisines quelqu'un susceptible de préparer des œufs au plat, de couper une ou deux tranches de jambon, de dénicher un morceau de fromage et une bouteille de vin. Il me quitta dans l'état d'esprit qui devait être celui de Guillaume Tell lorsque Gessler eut fait placer une pomme sur la tête de son fils.

Lorsque je franchis le seuil de l'hôtel, je me sentais d'attaque. Des flocons de neige tombaient, mais si légers, si ténus qu'ils semblaient, la nuit aidant, ne pas atteindre le sol. Nous n'étions plus qu'à deux ou trois jours de Noël et je me promis d'aller passer cette fête familiale en compagnie de la veuve et du fils de Bertrand. Sans en avoir l'air, je suis un sentimental. Il faut même que je me méfie de cette tendance qui a failli me jouer déjà de bien vilains tours. Tenez, cette petite Ulla de Hambourg, par exemple... Mais, comme disait Kipling, ceci est une autre histoire.

Un taxi me conduisait à Bègles, jusqu'à la porte de l'usine Tournon. J'avais peu de chances d'y rencontrer encore du monde, car ce n'est pas le genre d'entreprise où l'on travaille jour et nuit. Le concierge me reçut avec méfiance, mais il finit par convenir que M. le Directeur se trouvait encore dans son bureau. Sur mes instances, il lui téléphona pour lui annoncer ma présence et mon désir de le rencontrer. A notre commun étonnement, il accepta.

Ce ne fut pas sans un léger serrement de cœur que je traversai l'espèce d'antichambre où, d'ordinaire, se tenait Suzanne Crastes. Comme halluciné, je revoyais la forte fille si placide et il me semblait entendre sa voix aux intonations égales. Mauvais cela... Très mauvais. Les gens de mon espèce ne doivent pas se laisser aller à ce genre d'attendrissement malsain. Je frappai à la porte du bureau de Tournon. Il me répondit d'entrer mais sur un ton qui me surprit au point de m'inspirer quelques sages réflexions. Je devinai une menace confuse et puis, le fait qu'il m'eût reçu, sans hésiter, à une heure indue alors qu'il devait nourrir à mon égard — par suite de la mort de sa secrétaire — des sentiments plus que mitigés, tout s'unissait pour me prêcher la prudence. Pendant que j'hésitais, la voix de Tournon s'éleva de nouveau, de l'autre côté de la porte :

— Alors, monsieur Lissey?

Pourquoi ne se dérangeait-il pas afin de se rendre compte de la raison de mon silence? Maintenant j'étais persuadé que l'amant de Suzanne s'apprêtait à commettre une grosse sottise, une sottise dont j'assumerais les frais. Je pris la poignée de la porte, la tournai lentement et poussai le battant avec force tandis que du même moment, je m'aplatissais contre le mur. Je fus excellemment inspiré car à peine la porte s'ouvrait-elle que des coups de feu claquaient. J'eusse été troué comme une passoire si j'étais resté sur le seuil. Tournon, tout en tirant, hurlait d'une voix hystérique :

— Montrez-vous donc, espèce de lâche! Sale tueur!

Curieuse, cette manie des gens de vous traiter de lâche quand vous n'acceptez pas de leur servir de cible. Une galopade dans l'escalier m'annonça la venue du concierge qui devait me croire en train de massacrer son patron. Lorsque je jugeai que mon hôte avait vidé son chargeur, je demandai paisiblement :

— Vous tenez absolument à tuer votre concierge, Tournon?

Cette remarque banale mais qui le ramenait sur terre, brisa les nerfs du directeur. Je l'entendis pousser une sorte de gémissement. Je risquai un œil prudent (on ne sait jamais avec ces amateurs!) dans le bureau et contemplai Tournon, assis dans son fauteuil, la tête dans ses mains et qui, sans doute, pleurait. A ce moment, derrière moi, on cria avec autorité :

— Les mains en l'air, vite! ou je tire!

J'obéis et me retournai lentement pour regarder le concierge me menaçant d'un revolver à barillet qui comptait bien soixante ans d'âge. Avec le maximum de douceur dans la voix, je remarquai :

— Vous vous trompez, mon vieux, ce n'est pas moi qui ai tiré.

— Pas vous? Et qui, alors?

Du menton, je lui montrai Tournon toujours effondré.

— Votre patron.

La chose dut lui paraître énorme.

— Lui?... Ce n'est pas possible!

— D'ici, vous distinguez le pistolet sur son bureau et si vous allez le prendre, vous vous apercevrez qu'il est chaud.

J'aurais annoncé à ce brave homme qu'il venait d'être choisi comme maire de Bordeaux qu'il n'eût pas témoigné d'une stupéfaction plus grande.

— Mais... Pourquoi? Pourquoi?

— C'est à lui qu'il faut poser la question.

Il m'ordonna d'avancer en me poussant dans les reins avec son arme. Je priai le Ciel pour que Tournon n'eût pas gardé une balle dans son pistolet. Quand nous fûmes devant le bureau du patron, le concierge l'appela :

— Monsieur le Directeur?

Tournon sortit de ses mains un visage ravagé.

— Qu'est-ce que c'est, Lamblois?

— Monsieur le directeur... Ces coups de feu...

— Ah! Oui... Une erreur... J'ai perdu la tête... Je ne sais pas ce qui m'a pris. Vous pouvez rentrer chez vous, Lamblois.

Le concierge me montra.

— Et lui? Je le raccompagne dehors?

— Non, qu'il demeure.

Le brave Lamblois ne paraissait pas autrement convaincu.

— Vous ne désirez pas que je reste, monsieur le directeur?

— Non. Bonsoir, Lamblois.

— Bonsoir, monsieur le directeur.

Je poussai un soupir de soulagement lorsque le concierge et son artillerie se furent retirés et je m'enquis auprès de Tourton :

— Ça vous prend souvent, des crises de ce genre?

— Pourquoi avez-vous tué Suzanne?

— Parce qu'à votre avis, j'ai une tête d'assassin?

Il haussa les épaules.

— Un hasard que je ne vous aie pas abattu, Lissey, et pourtant, je ne pense pas avoir une tête d'assassin.

— Et pour quelles raisons aurais-je assassiné Mlle Crastes?

— C'est justement ce que je vous demande!

— Quand je suis arrivé chez votre secrétaire, elle était morte et je fus moi-même assommé par le meurtrier caché dans l'appartement. L'inspecteur Laframboise de la Sûreté nationale vous confirmera mes dires si vous y tenez.

Il me regarda, puis d'un ton infiniment las :

— Je vous prie de me pardonner ce moment de folie.

— Pour un homme de science, vous ne réfléchissez pas tellement avant d'agir, hein?

— Quand on est malheureux, on ne raisonne pas.

— Dommage... Pour les autres, tout au moins. Vous aimiez Suzanne, n'est-ce pas?

Il me répondit d'un hochement de tête.

— Elle était votre maîtresse?

— Depuis cinq ans... Je suis seul dans la vie. Je n'avais qu'elle. Je ne comprends pas pour quelles raisons on a pu la tuer...

— Parce qu'elle s'apprêtait à faire ce que vous aviez refusé de faire.

— Je ne saisis pas?

— Me parler de Marc Gajan et m'apprendre, par exemple, que vous aviez été plus qu'un ami pour celle qui ne s'appelait pas encore Mme Gajan.

J'avais lancé cette remarque au hasard, histoire de voir sa réaction. Il ne protesta pas.

— Ce ne fut qu'une passade... Évelyne était une femme terriblement ambitieuse... Avant tout le monde, elle a eu foi dans les qualités de Gajan. Elle a deviné qu'il réussirait dans ses recherches.

— Une arriviste, en quelque sorte?

— Sans aucun doute.

Quelque chose me fit mal du côté du cœur. Imaginer Évelyne dans les bras de ce type me donnait envie de vomir.

— Si je comprends bien, monsieur Tounon, vous êtes une sorte de don Juan?

— Je vous répète qu'Évelyne fut une erreur. Je n'étais absolument pas fait pour elle, seulement mon titre de directeur l'avait alléchée, tandis que Suzanne...

— ... dont vous étiez jaloux, si j'en juge par la scène ridicule que vous nous avez jouée hier à Mlle Crastes et à moi-même?

— Je ne voulais pas perdre Suzanne.

Il était inutile de discuter. Les passionnés voient toujours l'objet de leur passion avec d'autres yeux que le commun des mortels. Il fallait, cependant, avoir beaucoup d'imagination pour considérer cette bonne grosse Suzanne vieillissante comme une vamp!

— Un autre que moi vous l'a enlevée, monsieur Tournon.

Il eut un sanglot et crispa les poings.

— Si je savais qui...

— Je vous rappelle que je suis ici pour le démasquer car c'est le même qui a assassiné mon ami Bertrand Triviers. Nous avons chacun notre mort, monsieur Tournon.

Il se transforma sous l'effet d'une exaltation un peu excessive.

— Vous avez raison! Nous devons unir nos efforts! Je ne pense pas malheureusement pouvoir vous être d'un grand secours.

— Pourquoi avez-vous refusé de répondre à mes questions, hier?

Il baissa la tête.

— Parce que j'avais peur.

— De qui?

— Je l'ignore... La disparition de Gajan, la mort de votre camarade, surtout, m'ont profondément affecté... J'ai soupçonné que quelque chose se passait chez moi, quelque chose dont je ne parvenais pas à deviner la nature... Je ne suis pas d'un tempérament très combatif...

— Vraiment? Et Gajan?

— Gajan non plus à ce qu'il m'a semblé...

Il resta un instant silencieux, puis :

— Qu'on ait cru nécessaire de tuer ma pauvre Suzanne, me prouve que je n'avais pas tort de redouter je ne sais quelle menace...

— Avez-vous une idée de ce que Mlle Crastes aurait pu me confier?

— Pas le moins du monde.

— Suzanne demeurait-elle liée avec Mme Gajan?

— Je ne le pense pas. En tout cas, Évelyne, depuis son mariage, n'a jamais remis les pieds ici.

— Gajan était-il au courant de vos relations anciennes avec celle qui devait devenir sa femme?

— Comment voulez-vous que je le sache? Ce n'est vraiment pas le genre de question que je pouvais lui poser!

— Monsieur Tournon, même le criminel le plus endurci, s'il n'est pas fou, ne commet pas de meurtre gratuit. Pour moi, on a tué Triviers et votre secrétaire pour se protéger ou protéger quelqu'un.

— Qui?

— Si je pouvais répondre à cette question, je considérerais ma mission comme terminée. Monsieur Tournon, je vous redemande ce que je vous ai demandé en vain lors de notre précédente entrevue : connaissez-vous bien Marc Gajan?

— Non. Puisque maintenant, vous êtes au courant de ce qui s'était passé entre Évelyne et moi, vous comprendrez que je n'aie rien tenté pour me lier d'amitié avec Gajan. Nos rapports relevaient des règles de cohabitation de patron et employé. Nos entretiens étaient toujours... désincarnés, si je puis dire, ne roulant que sur des problèmes scientifiques.

— Vous étiez naturellement au courant de ses travaux?

— Naturellement, mais de façon assez superficielle... La question des miniaturisations ne m'ayant jamais beaucoup intéressé.

— Vous pensiez qu'il réussirait?

— Non. L'homme se révélait tellement terne, si grisâtre... J'étais intimement persuadé qu'en l'épousant, Évelyne avait commis une boulette de taille.

— Si vous ne vous intéressiez qu'assez superficiellement — d'après votre propre aveu — à ce sur quoi travaillait Gajan, comment expliquez-vous qu'Évelyne fût plus instruite que vous, en la matière?

— C'est une femme remarquablement intelligente qui montrait une curiosité très vive au sujet des questions préoccupant les gens qui sont ici. Aimable, jolie, élégante, les ingénieurs aimaient sa compagnie. On l'invitait beaucoup et elle savait merveilleusement écouter.

— Elle semble ne pas manquer de perspicacité pour avoir, en dépit de la manière dont vous me l'avez dépeint, deviner en Marc Gajan un garçon d'avenir?

— Une femme exceptionnelle, sans aucun doute.

— Son mariage a dû susciter des jalousies parmi les collègues de Gajan?

— Je l'ignore. Je me mêle le moins possible de... de ces histoires. On n'y récolte que des ennuis.

Il m'exaspérait. Cet homme incolore, en dépit de sa science, se révélait à mes yeux, d'une médiocrité décourageante et pourtant Évelyne, Suzanne... Je pense que c'est à cause d'Évelyne que je commençais à le détester. Mon injustice m'apparaissait clairement, mais je n'avais pas le courage d'y renoncer. Un peu plus sèchement que je ne l'aurais dû, je posai une dernière question :

— En somme, je ne puis compter sur vous?

Il me regarda, surpris.

— Mais... Mais ne vous ai-je pas dit que je vous apporterai toute l'aide dont je serai capable?

Je haussai les épaules et tournai le dos sans même daigner lui répondre. Au moment où je passai devant sa loge, le concierge sortit :

— Comment est-il, monsieur?

— Un peu sonné mais j'ai la conviction qu'il s'en guérira très vite.

Le bonhomme secoua doucement la tête.

— Je ne crois pas, monsieur. Il tenait beaucoup à Mlle Crastes.

Sans s'en douter, il me donnait une leçon.

Dehors, la rage au cœur, j'étais obligé de m'avouer que Tournon ne pouvait être soupçonné de l'assassinat de Suzanne. Plus encore que ses dénégations, sa tentative de meurtre sur ma personne disait assez son désarroi et... son innocence. Alors? Alors, pas besoin de jouer les détectives inspirés pour admettre qu'Évelyne n'avait pu parler de ma visite qu'à Tournon ou à Sougeal car, franchement, je voyais mal la jeune femme sortant pour raconter à des gens, ignorant jusqu'à mon existence, mon intention de rendre visite à Mlle Crastes.

Un agent secret doit toujours demeurer sur ses gardes, c'est la règle première du métier. Combien sont morts de l'avoir négligée ne fût-ce qu'un instant! On ne peut se permettre de réfléchir, de se perdre dans le monde des spéculations que lorsqu'on se trouve à l'abri. Parce qu'Évelyne Gajan m'occupait un peu trop l'esprit, je faillis terminer ma carrière dans cette rue déserte de Bègles, près du Petit Port, au moment de déboucher sur le quai du Président-Wilson où j'avais laissé ma voiture. Je marchais au milieu de la chaussée lorsque soudain, je fus pris dans un faisceau de phares et demeurai pétrifié comme ces lapins que les automobiles pressés écrasent sur les routes nocturnes, l'été. En même temps j'entendis le ronflement puissant d'un moteur. Une voiture fonçait vers moi. Privé de réflexes, essayant vainement d'ouvrir les yeux, je ne songeai pas à m'écarter mais seulement à sortir mon pistolet. L'esprit coagulé, je devenais la proie facile d'un tueur sans mérite. Au moment où l'auto m'arrivait dessus, une violente poussée latérale m'envoya rouler de l'autre côté de la rue sans que je lâchasse mon arme pour autant. Le choc me rendit la disposition de mon intelligence et je sus tout de suite que ce n'était pas la voiture qui m'avait touché, cette voiture qui, effectuant un demi-tour, revenait pour essayer de m'écraser. L'homme qui m'avait sauvé, m'arracha le pistolet des mains et avec un sang-froid qui me stupéfia, se campa au milieu de la chaussée et tira posément, comme à l'exercice, sur l'automobile de l'écraseur. En quatre coups tirés très vite, il fit sauter les phares. Désemparé, ne sachant plus où aller, dans cette obscurité subite, succédant à une clarté violente, le chauffeur ralentit. Mon sauveur, sans se troubler le moins du monde, expédia les deux dernières balles à mon agresseur et, à l'allure que prit aussitôt la voiture, je sus que son conducteur était gravement touché. L'engin s'arrêta contre le mur d'une usine. Le tireur se précipita, ouvrit la portière de gauche, un corps tomba dont son meurtrier aida la chute d'une bourrade. Aussitôt, celui-ci se pencha et se mit à fouiller les poches du cadavre mais se releva presque aussitôt :

— Rien... A prévoir. Un simple homme de main dans une voiture volée. Tout de même, il est préférable de filer.

C'est alors que je reconnus l'inspecteur Laframboise.

— Je crois bien, ma foi, que je vous dois la vie? Vous n'avez pas été long à me prouver votre dévouement!

— Rappelez-vous, monsieur Lissey, qu'il a été dit : « Celui qui est fidèle dans les petites choses, est fidèle dans les grandes. »

Il passa son bras sous le mien.

— Vous avez failli mourir, moi je viens de tuer un homme, tout cela donne quelque émotion. Venez boire un verre.

Nous récupérâmes chacun notre voiture et gagnâmes le centre de Bordeaux pour y découvrir un café quasi désert. Je n'étais pas très fier de moi. Je le confessai à Laframbroise qui me devenait de plus en plus sympathique.

— Vous êtes un tireur remarquable, inspecteur.

— Aucun mérite, j'aime ça.

Je remarquai en souriant :

— Appartiendriez-vous à cette catégorie de policiers qu'on voit dans les romans et les films et qui n'entrent dans la police que pour assouvir légalement leur passion de la violence?

Il me fixa de ses yeux bleus au regard mort et tout naturellement m'avoua :

— Je le crains.

— Étonnant, non?

— Si... Et plus encore que vous ne le pensez, car je devais être pasteur et j'ai commencé mes études dans cette intention. Heureusement, mes professeurs ont très vite compris que dans une paroisse, je deviendrais un fléau car je servirais plus volontiers le Dieu d'Abraham qui ne transigeait pas sur la discipline, que le Dieu des Évangiles. Ils m'ont conseillé de chercher un autre débouché pour mes activités. Je pense qu'ils ont bien agi. J'eusse mené mes ouailles au temple à coups de pied dans les fesses! Ce qui n'est pas tellement indiqué...

— Inspecteur, votre nom...

— Mon père était canadien et grand lecteur de la Bible, ce qui vous explique à la fois mon prénom et ma pseudo-vocation religieuse. A vingt et un ans, j'ai opté pour la France.

Ce garçon me plaisait de plus en plus et mon estime pour son sang-froid, son habileté au tir, son courage et son sens de l'humour, me rendait plus sensible mon échec, je veux dire le piège enfantin où, sans Laframboise, j'aurais succombé.

— Comment vous êtes-vous trouvé là, juste à point pour me tirer d'un sacré mauvais pas?

Il répondit sans sourciller et de sa voix toujours paisible :

— Parce que depuis notre première rencontre, je vous file ou vous fais filer.

— Vous me soupçonnez du meurtre de Suzanne Crastes?

— Non, mais je compte que vous me conduisiez à l'assassin en prenant des initiatives que je ne puis me permettre.

— Excusez-moi... Pourquoi cet intérêt particulier pour une affaire qui, somme toute, ne sort guère de l'ordinaire?

— Parce que Suzanne était mon amie d'enfance. Nous avons été élevés ensemble. Je l'aimais bien et elle me rendait mon affection. Je tuerai le meurtrier de Suzanne, monsieur Lissey.

— A moins que ce ne soit moi? N'oubliez pas qu'il a vraisemblablement abattu mon copain?

Laframboise secoua la tête.

— Excusez-moi, monsieur Lissey, mais, vous l'avez reconnu vous-même, vous me devez la vie.

— D'accord! Et alors?

— Votre vie, en échange de celle de l'assassin de Suzanne?

— Comment refuser, inspecteur?

Nous nous serrâmes la main, nouant ainsi — sans nous en rendre compte ou mieux sans le deviner — le début d'une longue amitié. Plus j'étais enclin à reconnaître les qualités étonnantes de Laframboise, plus j'éprouvais de la honte à l'idée de ce qu'il pouvait penser de moi après la bévue commise.

— Je ne comprends pas ce qui m'est arrivé... C'est la première fois que je me conduis de façon aussi sotte... J'aurais dû me douter que si le meurtrier de Suzanne avait été averti de mon rendez-vous avec votre amie, il me surveillerait... J'ai agi comme un débutant... C'est incompréhensible!

— Ça ne l'est pas si quelque chose d'autre vous occupe l'esprit!

A ma grande confusion, je me mis à rougir. Jérémie ne pouvait rien savoir de l'intérêt que je portais à Évelyne Gajan et pourtant, du premier coup, il mettait le doigt sur la blessure qui me privait d'une partie de mes moyens. Il était urgent que je me reprenne. Je me levai, regardai ma montre.

— J'ai encore le temps de rendre une visite ou deux. Vous allez continuer à me suivre?

— Non. D'abord parce que j'ai votre parole de me laisser le meurtrier de Suzanne, ensuite parce que je sais où vous irez obligatoirement finir la nuit. Au revoir, monsieur Lissey, et permettez-moi de vous conseiller de ne pas songer à autre chose qu'à celui ou ceux qui entendent vous éliminer comme ils ont éliminé votre ami et mon amie. A bientôt.

Tout en regardant le dos de Jérémie qui s'éloignait, je ne pouvais m'empêcher de m'avouer que je préférais avoir cet homme avec moi que contre moi. Sous son apparent détachement, je devinais une volonté que rien ne devait pouvoir plier, une totale absence de pitié pour qui que ce soit, envers quoi que ce soit. L'inspecteur se montrerait le type parfait du tueur froid, méthodique, sans nerfs — dont il possédait d'ailleurs le regard déshumanisé — s'il ne se trouvait du côté de la loi et si, peut-être, quelque chose ne lui restait de son ancienne vocation religieuse. Me remémorant les dernières heures, je devais reconnaître que le policier ne s'était laissé abuser par rien ni par personne. La mise en scène autour de la mort de son amie ne l'avait point trompé. La haine implacable, silencieuse, que depuis ce moment il nourrissait à l'égard du meurtrier me donnait à penser que ce dernier avait d'ores et déjà perdu la partie, mais je tenais à le démasquer moi-même, ne fût-ce que pour me réhabiliter aux yeux de Laframboise et à mes propres yeux.

J'aurais dû être heureux de me sentir soutenu par un homme de la valeur de Laframboise mais quelque chose en moi m'empêchait de voir l'avenir en rose : Jérémie, tout comme Salvagnac, me mettait en garde contre Évelyne et cela je ne pouvais le supporter. Je me répétais qu'ils se trompaient, Jérémie, parce qu'il méprisait sans doute les femmes et l'amour, Salvagnac, parce que croire en la culpabilité de Mme Gajan se révélait la solution facile. Je savais aussi qu'en raisonnant de la sorte j'étais injuste, car Salvagnac passait à Paris pour un agent sûr, au passé flatteur, quant à Laframboise, du même moment, avec ce bel illogisme des passionnés, je le jugeais un policier de premier ordre et l'accusais d'une partialité imbécile. Je me levai, pas tellement content de moi. Cette jolie veuve m'encombrait un peu trop l'esprit. Pour la première fois de ma carrière, je témoignais d'une faiblesse humiliante. J'en éprouvais une honte certaine mais je ne parvenais pas à le regretter. Il y avait déjà un bout de temps que j'envisageais de me marier et de quitter le métier. Alors, pourquoi pas avec cette Évelyne dont la fragile beauté me touchait au meilleur de moi-même? Tout comme les preux chevaliers d'antan, je m'apprêtais à combattre en l'honneur de ma Dame. En prouvant à Salvagnac et à Laframboise l'innocence de celle-ci, je me rapprocherais sans doute du coupable.

Évelyne mit un certain temps à répondre à mon coup de sonnette. Quand elle se montra sur le seuil, enveloppée dans sa robe de chambre, le regard embué de sommeil, je sentis une nouvelle fois mon cœur fondre. En dépit de ma volonté tendue vers une impartialité impossible, je ne pouvais rien contre cette tendresse qui m'envahissait chaque fois que je voyais la jeune femme.

— Vous? A cette heure-ci?

— Puis-je entrer?

— C'est... nécessaire?

— Indispensable.

— Dans ce cas...

Elle s'effaça et referma la porte derrière moi. Tout en m'introduisant dans la salle de séjour, elle remarqua :

— Je pense que vous vous rendrez compte à quel point une visite nocturne chez une femme qui n'est pas encore trop vieille est... est extraordinaire pour mes voisins?

— Pas plus extraordinaire que la disparition de votre mari?

Elle se mordit les lèvres, puis réagit sèchement :

— Ce n'est pas sur le même plan!

D'un ton tout aussi sec, je répliquai :

— Pour moi, si!

Blessée, elle redressa le buste et prit un ton impersonnel.

— Dans ce cas, je vous écoute.

— Suzanne Crastes est morte.

Je suivis sur son visage l'incrédulité, la stupeur qui le parcouraient en ondes successives.

— Suzanne... morte? Ce n'est pas possible... Elle n'avait pas quarante ans!

— L'âge n'a rien à voir dans l'affaire et que vous soyez jeune ou vieille, quand on vous défonce le crâne, on meurt de la même façon.

Évelyne porta vivement la main à sa bouche comme pour retenir un cri. Elle ne pouvait pas jouer la comédie avec cette perfection.

— Vous... Vous voulez dire qu'on l'a... Qu'on l'a...

— Assassinée, oui, comme mon ami Triviers.

— Mais, pourquoi? Pourquoi?

— Parce que le meurtrier craignait qu'elle ne me fournît les renseignements susceptibles de me mettre sur la trace de votre mari.

Hébétée, les mains jointes sur les genoux, elle fixait un dessin du tapis, répétant sans en avoir d'ailleurs conscience :

— Ce n'est pas vrai... Ce n'est pas vrai... Ce n'est pas vrai...

Je l'empoignai aux épaules et la secouai :

— Madame Gajan, écoutez-moi! Personne ne savait que je devais me rendre chez Suzanne Crastes, sauf vous et Tournon... Tournon aimait profondément Suzanne, il a failli me tuer tout à l'heure, se figurant que j'étais l'auteur du meurtre de sa secrétaire... Madame Gajan, ce n'est pas vous, n'est-ce pas, qui avez tué Suzanne?

Incrédule, elle me regarda.

— Moi?... La pauvre Suzanne?... C'est... C'est monstrueux!

Je l'attrapai par les poignets et l'attirai doucement :

— Puisque ce n'est ni vous, ni Tournon, il s'agit forcément de quelqu'un à qui l'un de vous deux a parlé de cette rencontre. Il n'est pas logique que ce soit Tournon, qui en souffrait, bien sottement d'ailleurs.

Et détachant bien mes mots :

— Madame Gajan, à qui avez-vous confié que je devais me rendre auprès de Suzanne Crastes?

— Mais à personne! Je n'ai pas bougé de chez moi depuis que vous m'avez quittée!

— Quand je vous ai quittée, Sougeal est resté près de vous.

— Vous ne prétendez tout de même pas que Fred...

— Lui avez-vous touché un mot de ma visite à Mlle Crastes?

Elle hésita.

— C'est possible... Je ne m'en souviens pas... Mais, c'est possible... J'ai l'habitude de mettre Fred au courant de tout ce qui m'arrive... Depuis le... départ de Marc, il est pour moi un appui, un soutien...

— Et il vous aime!

Elle me regarda franchement.

— Je le crois, oui, mais en quoi cela vous intéresse-t-il?

— En rien mais... Cela me déplaît.

— Par exemple! Et pour quelles raisons?

— Pour des raisons personnelles. Et vous?

— Quoi, moi?

— Vous l'aimez?

— Vous ne pensez pas que vous vous mêlez un peu trop de ce qui ne vous regarde pas?

— Tout me regarde, madame, quand il s'agit d'arriver à la vérité.

— Enfin, en quoi mes sentiments envers Fred...

— Vous refusez de me répondre?

Elle s'énervait.

— Non! Et puis après tout, cela m'est égal! Non, je n'aime pas Fred à la manière dont vous l'entendez probablement... C'est un ami... un frère...

Brusquement, je me sentis si heureux que je criais :

— Merci!

Et sans trop prendre garde à mon geste, j'embrassai Évelyne sur les deux joues. Ce baiser me ramena à la réalité, je pris conscience de mon geste et, lâchant la jeune femme, je murmurai :

— Pardon...

Elle me contemplait, ahurie.

— Vous, alors!

— Excusez-moi, j'ai été si content d'apprendre que vous n'aimiez pas Sougeal...

— Je me demande bien en quoi cela vous concerne?

— Écoutez, madame Gajan, je vous ai adressé des excuses pour mon geste irréfléchi... Voulez-vous que nous n'en parlions plus?

— Soit... Désirez-vous boire quelque chose?

— Non, merci...

— Vous accepterez tout de même de vous asseoir?

— Volontiers.

Nous prîmes place dans des fauteuils.

— Madame Gajan, résumons la situation : votre mari disparaît avec une invention qui vaut une fortune mais qui intéresse la Défense nationale. Mon collègue Triviers, envoyé pour voir ce qui se passait, est assassiné. J'arrive et Suzanne Crastes, qui s'offre à me faire des révélations, est tuée à son tour. Tout à l'heure, à Bègles, on a essayé de m'abattre, et sans la présence de l'inspecteur Laframboise, j'aurais rejoint les deux précédentes victimes. Alors, le raisonnement devient très simple : ou votre mari est caché dans Bordeaux et tue ceux qui relèvent sa trace, ou votre mari est entre les mains de quelqu'un qui tue pour qu'on ne parvienne pas jusqu'à lui.

— Je crains que vous ne vous laissiez emporter par votre imagination. Marc tenait trop à moi pour m'abandonner. D'autre part, il était le contraire d'un assassin. Enfin, pour s'en prendre à ceux qui le recherchent, il faudrait qu'il demeure en contact avec quelqu'un qui lui soit dévoué jusqu'au crime!

— L'inspecteur Laframboise, qui s'est mis dans la tête de m'aider, pense que ce pourrait être vous.

— Et vous, vous le croyez aussi?

— Non.

— Pourquoi?

— Je ne sais pas...

Elle posa doucement une main sur la mienne.

— Pour la même raison qui vous a poussé à m'embrasser parce que je vous ai appris que je n'aimais pas Fred Sougeal?

— Je suis ridicule.

— Non, au contraire... Je vous imaginais fermé à tout sentiment humain et c'est très réconfortant, je vous assure, de constater que vous êtes un homme comme les autres... Tony... J'ai horreur de l'injustice, du sang, de la cruauté et si j'apprenais que par je ne sais quel prodigieux changement, Marc soit devenu un assassin, alors il serait aussi mort pour moi que si on l'avait enterré depuis dix ans!

Ce fut à mon tour de lui prendre la main tandis qu'elle ajoutait :

— J'admettrais plus volontiers que mon mari fût retenu quelque part, mais pas par ce pauvre Fred qui crie, tempête et a une amie à laquelle il tient beaucoup, quoi qu'il s'en défende.

— Qui?

— La chanteuse de son cabaret, Linda Deal.

— Pourtant, il vous fait la cour?

Elle haussa les épaules.

— Fred est un coureur impénitent.

*
* *

En gagnant l'*Anneau de Saturne,* le cabaret dirigé par Sougeal, j'éprouvais une envie de chanter. Je n'ai point pour habitude de me mentir et je reconnaissais que mon euphorie présente tenait à ce qu'Évelyne acceptait mon amitié. Bien sûr, au fond, tout au fond, je pensais à autre chose qu'à de l'amitié mais je suis patient. Tout doit avoir un commencement. Du moins, je possédais une certitude : Évelyne n'aimait pas d'amour Fred Sougeal et je pouvais attaquer ce dernier sans risquer de la blesser dans ses sentiments. Pour moi, bien que d'ordinaire j'évite de me laisser guider par mes désirs secrets, Sougeal devenait le suspect numéro 1 dans la disparition de Marc Gajan, soit pour tenter de le supplanter auprès de sa femme, soit pour mettre la main sur le fameux dossier. Du coup, le mari de ma bien-aimée perdait la qualité de traître que je lui attribuais volontiers une heure plus tôt, pour acquérir celle de victime.

Comme dans toutes les boîtes du monde, au vestiaire de l'*Anneau de Saturne,* paradait une blonde potelée au décolleté généreux. Tandis qu'elle me débarrassait de mes affaires, je lui demandai :

— M. Sougeal est-il là ce soir?

— Il est là tous les soirs, monsieur.

Mon ticket en poche, j'entrai dans la salle sur la pointe des pieds car une dame chantait sur la scène minuscule, et avec précaution, la quasi-obscurité dont l'artiste avait besoin pour créer une atmosphère à ses chansons, ne facilitant guère ma progression. Par crainte d'une chute, je me dirigeai vers le bar et commandai dans un murmure, un whisky à un barman qui semblait se ficher de tout comme la plupart des barmen rencontrés au cours de mes pérégrinations nocturnes.

— Je désirerais parler à M. Sougeal.

— De la part de qui?

— Tony Lissey.

Le barman s'inclina et s'en fut téléphoner dans un coin du bar. Me désintéressant de lui, je regardai et écoutai la chanteuse. Une belle fille dont la voix n'intéressait personne, pas plus, d'ailleurs, que les chansons qu'elle psalmodiait devant un micro. Cette charmante enfant donnait dans le genre réaliste et pleurait des matelots qui ne cessaient de ficher le camp, la laissant sur le sable ou sur le pavé. Sans que j'eusse pris garde à son approche, Sougeal fut soudain à mes côtés.

— Vous êtes venu me rendre une petite visite?

— Je suis venu pour vous parler.

— A quel propos?

— A propos de la mort de Suzanne Crastes.

— Je vous demande pardon... Qui est-ce?
— Sougeal, je suis d'un naturel plutôt patient...
— Vous m'en voyez ravi.
— ... mais il ne faut quand même pas exagérer, sinon je finis par me fâcher.
— Taisez-vous, vous me feriez peur!
De toute évidence, il cherchait la bagarre.
— Vous avez déjà peur, Sougeal, sinon vous ne chercheriez pas à susciter un esclandre plutôt que d'écouter mes questions.
— Vous croyez ça, hein? Suivez-moi!
Il m'emmena à une petite table sise en retrait. Au garçon qui s'enquérait de ce que nous souhaitions prendre, Sougeal répliqua d'un ton rogue :
— Rien!
Je m'inclinai.
— Merci quand même!
— Lissey, vous me déplaisez souverainement. Votre attitude, ce soir, chez Mme Gajan m'a exaspéré. De plus, je n'aime guère les flics, quelle que soit leur étiquette.
— Je vous comprends. Chacun de nous est plus ou moins allergique à quelque chose. Les types dans votre genre, ce sont les flics, moi, ce serait plutôt les voyous.
— C'est pour moi que vous dites ça?
— Voyons! Je ne suis pas plus un flic que vous n'êtes un voyou, n'est-ce pas?
Je me demandais combien de temps passerait avant que nous nous tapions dessus. Peu, à mon avis. Des applaudissements saluèrent la fin du numéro de la chanteuse qui, abandonnant la scène, nous rejoignit. Je me levai pour la saluer :
— Bonsoir, Miss Deal.

Elle ouvrit très grands des yeux qu'elle avait fort beaux.

— Vous connaissez mon nom?

— Je l'ai appris par Mme Gajan.

Sougeal interrompit notre entretien en s'adressant brutalement à la chanteuse :

— Fous l' camp!

Elle hésita, puis les larmes lui montèrent aux yeux et, nous tournant le dos, elle s'éloigna rapidement. Je remarquai doucement :

— Un vrai gentleman, avec ça, hein?

Nous nous rassîmes.

— Vous avez revu Évelyne?

— En quoi cela vous regarde-t-il?

— C'est elle qui vous a parlé de Linda?

— Oui, mais elle a dû se tromper. Elle m'assurait que vous l'aimiez profondément... Je n'en ai pas eu l'impression, ou alors c'est qu'à Bordeaux les mœurs amoureuses ne ressemblent pas à celles des autres régions de notre pays.

— Lissey, j'ai une folle envie de vous casser la gueule!

— Croyez bien, mon cher, que je suis dans les mêmes dispositions.

Au fond, nous étions un peu ridicules avec nos menaces déguisées, nos défis. Des enfants mal élevés. Sougeal mit un terme à cette situation grotesque.

— Finissons-en! Plus vite vous serez parti et plus vite je retrouverai goût à la vie. Qu'est-ce que vous me voulez?

— Vous raconter une histoire.

— J'ai passé l'âge!

— Pas de ce genre d'histoire.

Il poussa un soupir résigné.

— Alors, allez-y... Essayez de ne pas m'endormir!

— Cela m'étonnerait et, de toute façon, si je dois vous endormir avant de quitter votre boîte, ce ne sera sûrement pas en vous racontant des histoires.

Et je recommençai le récit fait à Évelyne. J'achevai par le choix s'offrant à moi : Évelyne ou mon vis-à-vis. Je dois à la vérité de reconnaître que Sougeal ne parut pas autrement effrayé par cette alternative. Au contraire, il éclata de rire ce qui acheva de me mettre les nerfs en pelote.

— Sans blague, Lissey, vous êtes vraiment un as dans votre partie? Franchement, vous voyez Évelyne assommant cette pauvre fille, son ancienne compagne de bureau, et abordant un tueur pour lui demander, moyennant une juste rétribution, de vous écraser? Ça ne va pas, non?

— Ça va très bien, merci. Permettez-moi de vous confier que vous me semblez faire beaucoup mieux l'affaire que Mme Gajan.

— Et ça vous plairait de me mettre la main au collet, hein?

— Vous ne pouvez deviner à quel point!

— Navré, monsieur Lissey, de ne pas vous offrir ce plaisir, mais Marc Gajan et moi étions les meilleurs amis du monde. J'aime Évelyne, et puis après? C'est vrai, je l'aime, mais pas au point de tuer Marc pour hériter sa femme, en admettant qu'elle se soit prêtée à ce crime. On a plutôt l'esprit tordu dans votre profession, à ce qu'il me semble?

— Moins que ceux que nous poursuivons.

— J'aime Évelyne, je vous le répète, et si Marc ne

devait jamais revenir je lui demanderais sans doute de m'épouser...

— Et Linda Deal?

— Laissez Linda tranquille et ne vous mêlez pas de ma vie privée, s'il vous plaît! Toutefois, ma passion pour Évelyne n'est pas telle que j'accepte de tuer pour avoir une chance problématique de devenir son mari. Quant à assassiner Marc pour lui voler des papiers auxquels je ne comprends rien, c'est idiot. Je suis peut-être un aventurier, monsieur Lissey, dans le sens où l'entendent les bourgeois, mais je n'ai aucun goût pour l'espionnage et la trahison. Sur ce point, les romans me suffisent amplement.

— Mon collègue Triviers est mort...

— Je le regrette, il m'avait paru sympathique.

— Où l'avez-vous rencontré?

— Mais ici et pour ne rien vous cacher, il semblait en pincer sérieusement pour Linda.

Je m'efforçai de ne pas montrer l'intérêt qu'éveillait en moi cette remarque. Si Triviers essayait de rencontrer Linda c'était sûrement pour tout autre chose que ce que Sougeal se figurait.

— Mlle Crastes aussi est morte.

— Et alors?

— Quelqu'un les a tués.

— Sans aucun doute et si c'est là tout le fruit de vos cogitations, vous ne gagnez pas l'argent qu'on vous donne à la fin du mois!

— Je vais vous étonner, Sougeal, mais je suis bien résolu à le gagner, cet argent, en retrouvant Marc et en arrêtant le tueur.

— Bravo! J'espère qu'on vous décernera une médaille!

Soudain, par-dessus l'épaule de Fred tournant le dos à la porte, je vis apparaître Salvagnac emmitouflé dans son manteau et le chapeau à la main. Il cherchait quelqu'un et n'avait évidemment pas l'intention de rester. Nos regards se croisèrent et à la manière dont il insista, je compris que je devais le rejoindre. Quand je me levai, il sortit.

— Je suis très content de notre rencontre, Sougeal.

— Pas moi.

— Aucune importance. Je pense que nous nous reverrons.

— J'espère que non.

— Je suis sûr que si.

Sougeal me suivit pendant que je me dirigeai vers le vestiaire. Au moment où je passai devant le bar encombré, Fred dit à haute voix :

— Jacques, veillez à ce que Monsieur paie sa consommation avant de filer.

Tous les buveurs me regardèrent. Je m'approchai du bar et tendis un billet de dix francs au barman qui me rendit la monnaie. Je poussai l'argent vers lui.

— Pour vous, Jacques.

— Merci beaucoup, monsieur.

— Et pour vous, Sougeal :

Pivotant brusquement, je frappai Fred en plein visage, d'un direct où je mis tout mon poids et toute la hargne dont je débordais. Il partit à reculons et s'en fut s'effondrer contre la première table où les clients se dressèrent en glapissant. Assommé, Sougeal resta au tapis. Je surpris le geste du barman glissant son bras sous le comptoir pour y prendre vraisemblablement une arme. Tout en portant la main à l'intérieur de ma veste, je dis doucement :

— A votre place, Jacques, je m'abstiendrais.

Il obéit et je pus aller rejoindre Salvagnac qui m'attendait au vestiaire. Il se contenta de remarquer :

— Vous avez une belle droite. Sougeal ne sera pas beau à contempler demain matin. A votre place, je me méfierais.

Quand nous fûmes dehors, nous marchâmes un peu pour rejoindre ma voiture. Je demandai à mon compagnon :

— Je vous emmène?

— Non, je me contenterai de vous suivre pour être certain que vous regagnez votre hôtel sans anicroche.

— C'est très chic à vous. Comment avez-vous eu l'idée de me rejoindre à l'*Anneau de Saturne?*

— Laframboise m'a fait téléphoner, ne pouvant venir lui-même.

— Pourquoi?

— Parce qu'il est à l'hôpital.

— Non? Un accident?

— Un accident où il a récolté deux balles dans le bras gauche et une dans la cuisse.

CHAPITRE III

Sur le moment, je ne sus que répondre tant ma stupéfaction était grande. On avait tenté de tuer Jérémie!... Mais pourquoi? Pourquoi? Bien que je sentisse l'œil de Salvagnac fixé sur moi, je ne parvenais pas à reprendre le dessus. Il devait avoir une drôle d'idée de mon « self-control »... J'avouai piteusement :

— Je suis bouleversé.

— Je m'en rends compte.

— Où est l'hôpital?

— Inutile, mon vieux, on ne vous y recevrait pas. Laframboise doit être sur la table d'opération. Ce n'est vraiment pas le moment... Rentrez chez vous et tâchez de dormir car j'ai l'impression que notre histoire s'embrouille de plus en plus.

— C'est un type bien, Jérémie Laframboise.

— J'en suis persuadé, car dès qu'il s'est trouvé sur son brancard, il n'a eu de cesse qu'on ne m'eût téléphoné pour me demander de vous joindre à l'*Anneau de Saturne* où il semblait vous croire en danger.

Avant de démarrer, je demandai à Salvagnac :

— Cela signifie quoi, à votre avis, tout ce micmac?

— Franchement, je l'ignore, mais j'ai le sentiment

que, sans vous en être bien rendu compte, vous avez dérangé des gens qui n'apprécient guère cette initiative et se sont mis en tête de vous le montrer.

— Mais, Laframboise?

— On a probablement su qu'il vous donnait un coup de main?

La pensée d'Évelyne me traversa l'esprit et j'eus mal. Je m'efforçai d'empêcher ma voix de trahir mon inquiétude.

— Alors, vous-même?

Salvagnac rit doucement.

— Faites-moi confiance, j'ai bien l'intention de ne pas me laisser avoir. Ce qui est arrivé à Laframboise est, pour moi, un avertissement salutaire. En cas de crise, je tâcherai d'être le plus rapide et de tirer le premier. Allez vous reposer, mon vieux... A demain, les affaires sérieuses.

La voiture de Salvagnac me dépassa au moment où je m'arrêtais devant l'entrée de l'hôtel. Il m'adressa un salut amical de la main et fonça vers son garage de la place de Luze.

Contrairement à mon attente, je m'endormis assez rapidement et ne m'éveillai que vers neuf heures du matin. J'en eus un peu honte, mais, dans notre métier, lorsqu'on peut se reposer, il faut en profiter au maximum car on ne sait jamais quand on aura de nouveau l'occasion de s'offrir le luxe d'un bon sommeil.

Sitôt les yeux ouverts, je replongeai dans mes soucis de la veille, un peu comme si je retrouvais un vêtement abandonné au moment de me coucher. Un coup de téléphone à l'hôpital m'apprit que l'opération s'était très bien passée et que par faveur exceptionnelle, je pourrais voir le malade quelques instants vers midi. L'agression dont avait été victime Laframboise, venant après le meurtre de Suzanne Crastes et la tentative pour m'écraser, m'indiquait assez qu'on tenait à faire le vide autour de moi. Si Marc Gajan avait fui, pourquoi ces attentats réussis ou manqués? Toute cette fantasmagorie sanglante indiquait que le mari d'Évelyne n'avait pas agi seul, qu'il comptait des complices à Bordeaux, des complices redoutant de me voir repérer la filière suivie par Gajan. Parce qu'on n'ignorait pas les qualités professionnelles de Laframboise et sa parfaite connaissance du milieu bordelais, on avait essayé de l'éliminer. Il était temps que je sortisse de ma passivité d'ailleurs contraire à mon caractère et que je savais parfaitement due au fait qu'au lieu de penser à Gajan, seulement à Gajan, je me préoccupais un peu trop de sa femme.

Avant de gagner l'hôpital, je me rendis au garage de Salvagnac et j'appris à celui-ci que Laframboise était hors de danger.

— Tant mieux! D'abord parce que c'est sûrement un chic type, ensuite parce qu'il nous sera utile.

— Écoutez : je voudrais — profitant de l'absence forcée de Laframboise et donc sans risques de le vexer — que vous repreniez l'enquête policière au début.

— C'est-à-dire?

— Pour aujourd'hui, vous pourriez interroger les voisins des Gajan à Cauderan. Évelyne ne vous connaît pas, donc même si elle vous rencontre, pas de tracas. Vous tâcherez de savoir si, comme l'affirment les rapports de police, ou a bien vu Gajan revenir ce fameux dimanche soir, recevoir la clef du garage de la main de sa femme et disparaître. Nous nous retrouverons, si vous êtes d'accord, à dix-sept heures au *Bordeaux?*

— Entendu pour dix-sept heures.

Comme d'habitude, à l'hôpital, avant de me laisser entrer dans la chambre de Laframboise, une infirmière crut bon de m'abrutir par une avalanche de recommandations. Ce n'était pourtant pas la première fois que je rendais visite à un camarade blessé. Les agents des Services Spéciaux ont plus d'occasions de se retrouver en clinique qu'au bord d'une rivière pour y pêcher à la ligne.

Avant même que j'eusse ouvert la bouche, Jérémie me lança une citation des Écritures qu'il semblait décidément savoir par cœur :

— « Heureux ceux qui souffrent persécution pour la justice, car le royaume des cieux est à eux! »

— D'accord, mais tâchez de rester encore un peu parmi nous, Laframboise.

— Je m'y emploie, car je n'entends point gagner le royaume des cieux qui semble m'être promis, avant d'avoir eu ma revanche sur celui ou celle qui a voulu m'obliger à brûler les étapes de mon acheminement céleste!

— En bon français, cela signifie que vous ignorez l'identité de celui ou de celle qui vous a fait cadeau, à la veille de Noël, de quelques balles dans votre anatomie?

— Je l'ignore, Tony, mais rassurez-vous, je finirai par l'apprendre.

Nous parlions à voix très basse, chuchotant presque afin de donner l'impression — à qui nous eût écoutés à travers la porte (dans l'intention la plus louable) — que je ne fatiguais pas le malade.

— Et maintenant, Jérémie, si vous me racontiez ce qui vous est arrivé?

— L'histoire la plus classique, la plus banale aussi. Évidemment, j'aurais dû me méfier, mais mon excuse tient à ce que nous autres, gens de la Sûreté nationale, nous ne sommes pas habitués à être traités de la sorte.

— Écoutez, mon vieux, vous êtes sûrement le plus chic type du monde, je vous connais depuis peu et je vous estime déjà bougrement, seulement, entre nous, vous donnez un peu dans les casse-pieds en vous révélant incapable de répondre directement à ce qu'on vous demande ! Est-ce que oui ou non, vous finirez par me dire ce qui s'est passé ?

Le blessé ne parut pas troublé le moins du monde par ma nervosité et, comme pour me narguer, répliqua :

— Il a été dit : « Heureux êtes-vous, lorsqu'on vous insultera, qu'on vous persécutera, et qu'on dira faussement toute sorte de mal contre vous à cause de moi. »

— Vous n'allez tout de même pas me réciter tout l'Ancien Testament, non ?

Il ricana :

— Il s'agit de l'Évangile selon saint Matthieu, païen !... Je n'ai pas pris garde à cette voiture qui me suivait depuis un moment et qui a emballé son moteur au moment où je pénétrais chez moi. J'ai encore de bons réflexes mais je n'ai pu éviter qu'une partie de la rafale.

— Ensuite ?

— Ensuite, l'hôpital... J'étais sonné mais pas suffisamment pour ne pas me rappeler que vous étiez à l'*Anneau de Saturne* et qu'on pouvait vous y attendre afin de vous infliger le même sort. J'ai demandé à téléphoner à Salvagnac...

— Pourquoi pas directement à moi ?

— Parce que si les gens de l'*Anneau de Saturne* sont dans le coup, il me semblait inutile de les prévenir... à seule fin qu'ils changent leurs dispositions et vous démolissent d'une autre façon.

— Je suppose que je dois vous remercier ?

— Je n'en vois pas l'utilité.

Nous nous sourîmes.

— Jérémie, dans combien de temps vous laissera-t-on sortir ?

— Sortir? dans deux ou trois jours.

— Et vous retournerez chez vous?

— Dame! Mais j'en aurai pour un bout de temps avant de reprendre du service. Je crois bien que je ne pourrai plus beaucoup vous aider dans cette histoire, Tony, et je le regrette.

— Moi, ce que je regrette c'est de vous voir réintégrer votre domicile. Si on veut absolument vous démolir, vous êtes incapable de vous défendre. Venez habiter mon hôtel, je vous invite.

— Il a été dit : « Je préfère me tenir sur le seuil de la maison de mon Dieu, plutôt que d'habiter sous les tentes des méchants... »

— Ah! Non! Ne remettez pas ça avec votre Évangile, hein?

— Pas de chance, Tony, cette fois, c'était l'Ancien Testament, Psaume 84!

— Jérémie... Avez-vous une idée de la raison pour laquelle on a voulu vous tuer?

Il me regarda de son regard clair dont la limpidité cachait mal des choses qui me gênaient. Un drôle de type ce pasteur manqué.

— Mais, tout simplement parce qu'on sait que je vous aide... Enfin, que je vous aidais.

— Mais qui peut être au courant, nom d'un chien?

— Ceux à qui vous l'avez confié, Tony.

— Mais je ne...

Je m'arrêtai brusquement, me rappelant qu'il y avait

en effet quelqu'un à qui je m'étais ouvert de ma joie de posséder un allié aussi précieux que Laframboise. Le blessé ne me quittait pas des yeux. Comme je ne pipais plus mot, il dit doucement :

— C'est à elle que vous en avez parlé, n'est-ce pas?

En entrant dans la chambre, l'infirmière me dispensa de répondre et me sortit d'une position difficile.

— Monsieur, la visite a assez duré.

Je me levai de ma chaise.

— C'est bon, je m'en vais...

Je mis la main sur l'épaule valide de Laframboise.

— Ne vous faites pas de bile, Jérémie... En dépit de vos blessures, vous me serez d'un grand secours, surtout si vous acceptez de repenser tout le problème et de me livrer vos déductions.

— Encore faudrait-il que vous les preniez en considération?

— Je m'y efforcerai.

Tout en roulant en direction du centre, je devais convenir que seule Évelyne était au courant de mon alliance avec Laframboise, comme seule elle avait su la visite projetée chez Suzanne Crastes. Dans les deux cas, elle avait pu l'apprendre à Sougeal, intentionnellement ou non. L'échec de l'agression contre le policier devait remplir le camp adverse d'inquiétude. Si Évelyne était coupable, je veux dire volontairement coupable, elle devait s'attendre à une violente réaction de ma part et sans doute à ma visite. Je décidai de la laisser s'interroger sur mon attitude, et elle ne serait que plus facile à désorienter lorsque, soudain, je réapparaîtrais pour lui demander des comptes. Je combinai tout cela, le cœur serré, parce que je ne pouvais, tout au fond de moi, me convaincre de la duplicité d'Évelyne. Je l'aimais, indiscutablement, et quelle que soit notre expérience, ceux que nous aimons sont toujours innocents.

J'arrêtai ma voiture sur les quais, me rangeai de façon à ne point troubler la circulation et, ayant allumé une cigarette, j'entrepris de bien mettre la situation au net. Il y avait assez longtemps que je me conduisais comme un sot, il fallait changer cela. Près de ma Vauxhall passaient des camions chargés de sapins. Noël dans six jours... Plein d'amertume, je songeai que si Évelyne n'était pas coupable, si j'avais pu retrouver et éliminer son époux indigne, nous aurions peut-être, elle et moi, vécu un merveilleux Noël... Je ricanai en songeant à cette épithète de « merveilleux » qui m'était montée à l'esprit. Ainsi que tous les amoureux, pour traduire mes sentiments, j'avais recours à un vocabulaire imbécile, boursouflé, affligeant... Lorsqu'un agent des Services Spéciaux en vient à ces faiblesses, il est bien près de sa fin. Mais, à y réfléchir, tenais-je tant que cela à continuer ce métier? La mort de Bertrand Triviers, le chagrin de Christiane, ma tendresse pour Évelyne, tout s'unissait pour m'affirmer, pour me convaincre que la vie — la vraie — se trouvait ailleurs que dans l'exercice de ce métier inhumain. Cela tenait-il à Noël? A ces gens emmitouflés, chargés de paquets, se hâtant vers un foyer où les attendaient femme et enfants? En bref, je n'avais plus le feu sacré. Je me suis toujours voulu assez honnête avec moi-même pour ne rien me cacher de mes faiblesses. Simplement, aujourd'hui, j'en étais à me demander si ces faiblesses ne constituaient pas la joie de vivre? Autrement dit — il me fallait y aller franchement! — Évelyne, même coupable, me plaisait et je me sentais plus enclin à la protéger qu'à la traquer.

Donc, un ingénieur travaille à une découverte intéressant la Défense nationale et, par contrecoup, les puissances étrangères, alliées ou non de notre pays. Brusquement, ce Monsieur disparaît avec son invention au point, abandonnant sa femme dont, de l'avis unanime, il semble fortement épris. A-t-il fui vers des États où l'on se déclare prêt à payer beaucoup plus cher que chez nous son invention? A-t-il été enlevé? Dans les deux cas, sa femme est-elle victime ou complice? Une chose est certaine : on a tué Triviers parce qu'il enquêtait sur la disparition de Gajan. On a tué Suzanne Crastes parce qu'elle se proposait de me confier ce qu'elle savait. On tente de tuer Laframboise sous prétexte qu'il m'apporte son concours, sans compter qu'on a également essayé de m'éliminer. Il faut donc conclure ou que Gajan, terré à Bordeaux, jouit de complicités puissantes acharnées à empêcher quiconque de retrouver le fugitif, ou qu'il est entre les mains de gens résolus à n'importe quel meurtre pour garder leur proie. Ou plus simplement encore, s'agit-il de l'histoire classique de la femme et de son amant — Évelyne et Sougeal en l'occurrence — qui éliminent le mari gêneur tout en réalisant une excellente affaire avec la vente de l'invention du malheureux époux?

Je dois convenir que cette dernière hypothèse, à la lumière des ultimes événements, apparaît comme la plus plausible, et l'on se doute que cela ne me cause pas un plaisir fou. C'est curieux : au lieu de chercher le moyen de coincer Évelyne, si sa culpabilité est démontrée, déjà, obscurément, sans trop oser me le dire, je réfléchis à la manière de la tirer d'affaire!

Brusquement, tandis que j'achève ma cigarette, la certitude s'implante en moi que je me bats contre un fantôme. Ce Gajan que j'ai pour mission de retrouver, je n'en connais que la photographie et seulement celle de son visage mais, en vérité, quel homme est-il? Il me semble que si je parvenais à me faire de lui un portrait psychologiquement vrai, j'avancerais d'un grand pas car je devinerais peut-être alors, ce qu'il est ou non capable de ressentir, d'accepter, de tenter. Je subodorerais sans doute ses goûts, les habitudes auxquelles il ne peut renoncer. En bref, il est nécessaire qu'il me devienne plus familier.

Je remets mon moteur en marche, résolu à ne plus rien tenter tant que je ne saurai pas complètement, totalement, qui est Marc Gajan, et pour arriver à ce but, je me propose d'interroger tous ceux qui ont vécu près de lui.

Je mentirais si je disais que Tournon, en me revoyant entrer dans son bureau, manifesta de la joie. Il se borna à me dire :

— Après ce qui s'est passé cette nuit, je pense que je dois à votre sang-froid de n'être pas aujourd'hui un meurtrier... Et le moins que je puisse faire pour vous témoigner ma reconnaissance, non ma sympathie, c'est de vous recevoir.

— Je suis de votre avis, Tournon. Quant à votre sympathie, je m'en fous. Si je me souciais de susciter la sympathie, j'exercerais un autre métier.

— Je n'en doute pas.

— Parfait. Les choses ainsi mises au point, rien ne nous empêche d'entrer dans le vif du sujet. J'estime que vous êtes un homme capable d'aimer assez son pays pour se refuser à le trahir?

— Assurément.

— C'est donc une bonne, une excellente raison pour que vous m'aidiez à empêcher Gajan de vendre son invention à une puissance étrangère. La seconde raison est que pour protéger Gajan et ses opérations, on a tué une personne qui vous était chère.

Je vis ses lèvres se crisper comme celles d'un bébé sur le point de pleurer. J'enchaînai rapidement :

— J'imagine que vous avez envie de connaître le salaud qui a tué Suzanne Crastes.

Il crispa les poings et d'une voix rauque où il mettait toute l'énergie dont il était capable :

— Oui, j'en ai envie, monsieur Lissey... Terriblement envie et, ce jour-là, je crois bien, Dieu me pardonne, que je deviendrai un meurtrier !

— Le même criminel a assassiné mon meilleur ami, un ami qui laisse une jeune femme et un enfant. Malgré nos appartenances à des milieux différents, nous sommes poussés, vous et moi, par les mêmes sentiments. Alors, pourquoi ne pas nous épauler puisque la réussite de l'un sera automatiquement la victoire de l'autre ?

Un très court instant, il hésita puis, se décidant tout à coup, il me tendit la main.

— D'accord, Lissey. Je compte désormais sur vous comme vous pouvez compter sur moi.

Je lui expliquai mon désir de mieux connaître Marc Gajan. Il hocha la tête.

— C'est difficile... Gajan appartenait à cette catégorie d'hommes auprès desquels on vit pendant des années et dont on ne prend conscience de la disparition que longtemps après qu'elle s'est produite... Il est même effrayant de songer qu'un homme puisse passer si totalement inaperçu.

— Vous venez de peindre un modèle de l'espion parfait, celui auquel tous les espions du monde souhaitent de ressembler.

Il me regarda avec stupeur.

— Vous ne voulez quand même pas insinuer que Gajan ?...

— Je n'en sais rien. J'envisage toutes les hypothèses. Gajan a disparu avec son invention, donc ou il est mort ou il est en fuite : pas d'autre alternative. C'est pourquoi, si je parviens à me faire une idée exacte de lui, je finirai par choisir entre les hypothèses de sa mort ou de sa trahison. Parlez-moi de lui, Tournon, mais avec plus de sincérité, plus de détails que la dernière fois où nous nous sommes entretenus à son sujet.

— Il est arrivé chez nous, il y a sept ou huit ans. Il venait d'une usine du Nord. Il paraît — si je me souviens bien — que le climat ne lui convenait pas. Naturellement, il nous présenta ses diplômes et les attestations de ses employeurs qui tous, affirmaient sa compétence, son attachement aux travaux dont il était chargé, etc., etc. Toutefois, je ne dirige qu'une usine de peu d'importance quant au rendement, et je ne puis rétribuer mes collaborateurs comme ils le seraient dans des entreprises plus importantes. C'est pourquoi, je fus étonné que Gajan quittât l'énorme complexe industriel où il travaillait dans le Nord pour demander une place dans mon usine modeste. Il n'était pas malade et la raison climatérique invoquée ne paraissait pas essentielle. Il finit par m'avouer qu'il s'intéressait à une invention lui tenant plus particulièrement à cœur et qu'ayant appris que je favorisais ce genre de recherches, il souhaitait que je le prisse chez moi. J'ai étudié le dossier de ses travaux personnels et je reconnais que je fus séduit. Nous nous mîmes très vite d'accord sur les conditions de son emploi et sur les pourcentages qui me reviendraient s'il parvenait à mener sa tâche particulière à bien, et à la vendre. En un mot, il fournissait le travail et je lui apportais les moyens de le réaliser. Je jouais la confiance.

Tournon me parut sincère.

— Pourquoi ne m'avez-vous pas raconté tout cela la première fois que nous nous sommes vus?

— Parce que j'ai horreur de voir autrui mettre son nez dans mes affaires.

— A moins que vous n'ayez eu peur que je vous soupçonne d'avoir tué Gajan?

— Moi?

— Imaginons qu'il ait mis vraiment son invention au point... Qu'il vous en ait parlé... Nous n'ignorons pas, vous et moi, qu'elle vaut beaucoup, beaucoup d'argent, surtout si l'on s'adresse à des acheteurs étrangers... Alors, vous l'abattez pour toucher la totalité et non plus seulement un pourcentage... Qu'est-ce que vous en dites?

Tournon avait fermé les yeux mais à la crispation de ses mâchoires, il était facile de voir que mon hypothèse le bouleversait.

— Monsieur Lissey, en dépit de ce qui a eu lieu hier soir, je ne suis pas un homme de violence mais, pour ce que vous venez de dire, je regrette de ne pas avoir assez de force pour vous assommer! J'ai le sentiment qu'ayant rencontré des fripouilles, vous ne savez plus distinguer entre elles et les honnêtes gens?

— Ils se ressemblent tellement!

— Aussi surprenant que cela puisse vous paraître, monsieur Lissey, je suis honnête et j'ai pour habitude de respecter les engagements pris. Si Gajan a fui, c'est lui qui m'a roulé!

— Et vous porterez plainte?

— Ce genre d'affaires, du fait même de la discrétion qu'elles imposent, échappe aux lois.

— Et puis, il y a Évelyne Gajan.

— Ce qui signifie?

— Qu'ayant été en termes plus qu'amicaux avec cette

personne, vous ne voulez peut-être pas la peiner en poursuivant celui qui vous a succédé auprès d'elle?

— Dans mon métier, monsieur Lissey, le romantisme n'a pas de place. Les rapports que j'ai eus avec celle qui devait devenir Mme Gajan, n'ont absolument rien à voir avec les travaux de son mari. Notre histoire — fort courte — était terminée, achevée — dirais-je oubliée — lorsque Gajan épousa Évelyne. Je vous ai déjà confié qu'elle n'était pas plus faite pour moi que je n'étais fait pour elle. Je n'ai rien d'un aventurier, moi!

— Gajan non plus, tel que vous me le dépeignez.

— Sans doute.

— Alors pour quelles raisons Évelyne a-t-elle jeté son dévolu sur lui?

— Demandez-le-lui?

— Mais vous avez bien une idée?

— Non, et même en aurais-je une, je ne vous la confierais pas. Il ne m'appartient pas de susciter le moindre ennui à Mme Gajan. C'est ce qu'on appelle la délicatesse, au cas où vous l'ignoreriez.

— Merci. Et maintenant, s'il vous plaît, abandonnez votre rôle de professeur de bonnes manières et dites-moi tout ce dont vous vous souvenez à propos de Gajan?

De nouveau, Tournon ferma les yeux. Ce devait être un tic chez lui, chaque fois que quelque chose l'irritait.

— Un homme d'une taille nettement au-dessus de la moyenne... Cheveux châtain clair... Ne souriant jamais et fort embarrassé quand il lui fallait parler d'autre chose que de ses calculs et de ses expériences. Il ne semble pas qu'il ait eu le moindre vice, la plus anodine passion. Il ne se liait pas, parlait peu. Ses collègues ne l'aimaient guère mais rendaient hommage à son savoir. Toutefois, il parut s'épanouir quand il se maria avec Évelyne. A ce moment-là, il faillit devenir humain. Il se fit plus élégant, se permit des bavardages inutiles, fréquenta les salles de spectacles puis, peu à peu, cette flamme s'éteignit. Il redevint celui que nous connaissions. Pour nous tous, ses travaux cédaient à sa tendresse envers sa jeune femme. Son absence, le lundi matin suivant le dimanche où il n'est pas rentré chez lui, n'a pas été tout de suite remarquée, ses collègues n'allant guère le visiter dans le petit bureau-laboratoire qu'il occupait.

— Vous m'avez assuré, l'autre jour, qu'il ne fréquentait personne en particulier parmi ses collègues?

— Je me suis renseigné depuis... Sans qu'on puisse parler de relations, il semblerait qu'il se soit montré plus ouvert, plus amical avec deux ingénieurs : Varenget, le chimiste, et Hordain, l'électricien. Vous pourriez rencontrer ces gens-là?

— Soyez assuré que je vais m'y employer.

— Voici leurs adresses, si vous ne tenez pas à les voir ici... ce que je préférerais d'ailleurs pour ne point éveiller des curiosités inutiles.

Je glissai le papier dans ma poche et pris congé de Tournon en le félicitant de s'être montré plus coopératif que la première fois.

Il me restait une heure avant de retrouver Salvagnac. J'eus la chance de dénicher une place pour ma voiture sur les Quinconces. De là, relevant le col de mon pardessus, enfonçant les mains dans mes poches, je partis d'un bon pas, décidé à échapper pour quelques instants à mes fantômes particuliers et à me mêler à mes contemporains comme si je leur ressemblais vraiment.

Par le quai Louis XVIII, négligeant le vent froid qui me pinçait les oreilles, je filai jusqu'à la place Jean-Jaurès, tournai sur ma droite dans le cours du Chapeau-

Rouge que je remontai d'un bon pas, gagnai la place de la Comédie et, me noyant avec plaisir dans la foule qui circulait sur deux trottoirs du cours de l'Intendance, je m'offris une sérieuse partie de « lèche-vitrine ». Instinctivement, je m'arrêtais le plus volontiers devant les magasins de jouets pour contempler les visages extasiés des petits et ceux de leurs mamans toutes nimbées d'un air de jeunesse, comme si au contact des enthousiasmes de leurs gosses, elles retrouvaient leurs joies enfantines d'autrefois. Devant ces poupées merveilleuses, ces automates de toutes sortes, il n'y avait plus — quel que fût l'âge de ceux qui les contemplaient — que des gamins et des gamines. Moi aussi, j'aurais aimé venir admirer ces magasins brillamment illuminés, en tenant mon fils ou ma fille par la main, mais, pour en arriver à ce stade, il fallait obligatoirement passer par celui du mariage, épreuve que jusqu'ici j'avais fuie avec opiniâtreté. Mais de subtils changements s'étaient produits en moi puisque je ne répugnais plus, aujourd'hui, à l'idée de perdre ma liberté. Je n'avais nul besoin de me livrer à de sévères introspections pour savoir que je devais cette nouvelle manière d'envisager ma vie à l'existence d'Évelyne Gajan. C'est encore à cause d'elle que je stationnai devant les vitrines d'ameublement. Je choisissais le fauteuil où, pantoufles aux pieds, je fumerais ma pipe tandis qu'Évelyne préparerait notre dîner... Glissant sur cette pente, je n'avais plus de raison pour m'arrêter et je sentais bien que j'étais prêt à m'arrêter et je sentais bien que j'étais prêt à pardonner à celle que j'aimais, d'avoir vendu l'invention de son mari à l'étranger pourvu qu'elle se montrât résolue à se débarrasser de Gajan. La tendresse nous entraîne à d'étranges complaisances. Vieille loi qui doit être redécouverte par chacun de nous.

Bercé par des rêves dont l'heure et le temps aplanissaient le côté absurde, voire monstrueux, je parvins jusqu'à la place Gambetta puis, comme un bon Bordelais, je pris le trottoir de droite pour redescendre vers la place de la Comédie, exécutant cette espèce de tour de manège que les habitants de cette belle ville exécutent des milliers de fois par an. A dix-sept heures pile, j'entrai au *Bordeaux,* un des cafés les plus élégants. Salvagnac m'y attendait déjà. Je pris place à sa table.

— Alors?

— Il semble que les policiers bordelais aient parfaitement mené leur enquête. Les époux Banon, qui habitent juste en face des Gajan, affirment avoir assisté au retour de ces derniers, le dimanche en question. Mme Gajan est descendue — ainsi qu'elle en avait l'habitude — pour aller chercher la clef du garage — un ancien atelier de maréchal-ferrant transformé — et est venue la rapporter à son mari en lui recommandant : ne t'attarde pas, je mets tout de suite l'eau à chauffer pour le thé. Les Banon ont même précisé que Marc Gajan portait une veste à carreaux blancs et noirs. D'autres que j'ai interrogés, ont vu eux aussi les Gajan rentrer. Cependant, ils m'ont fourni moins de précision que les Banon parce qu'ils habitent plus loin. En tout cas, tous connaissent la veste à carreaux noirs et blancs de Gajan. J'imagine que ce vêtement avait dû susciter un certain émoi dans Cauderan.

— Et personne n'a vu revenir Gajan?

— Personne. En revanche, ils sont plusieurs à se souvenir que Mme Gajan sortit de chez elle et s'avança jusqu'au milieu de la rue, comme quelqu'un guettant l'arrivée d'un hôte attendu, jusqu'au moment où elle est sortie une nouvelle fois de chez elle, mais avec un manteau et un foulard sur les cheveux, pour aller d'un pas rapide en direction du garage situé à cinq ou six cents mètres de là. Elle a réintégré son domicile au bout d'une vingtaine de minutes et les Banon ont jugé qu'elle paraissait préoccupée.

— Ces Banon sont donc toujours à leur fenêtre?

— Lui est impotent et, le dimanche, il joue aux dames avec sa femme, près de la fenêtre, pour surveiller les allées et venues de chacun et pas obligatoirement dans un esprit philanthropique. Et de votre côté, Lissey?

J'exposai à mon coéquipier les résultats de ma visite à Jérémie Laframboise et de mon entretien avec Tournon.

— Vous devriez réfléchir à ce que vous a dit l'inspecteur Laframboise, Lissey. C'est un homme qui m'a l'air de savoir penser.

Salvagnac n'avait pas besoin d'en ajouter davantage pour me faire comprendre que, lui aussi, m'invitait à prendre conscience des preuves qui, l'une après l'autre, s'accumulaient contre Évelyne. Je quittai assez sèchement Salvagnac, promettant de lui téléphoner dès le lendemain pour le mettre au courant des suites de mon enquête et je m'engageai à l'appeler à la rescousse, le cas échéant.

Cet acharnement qu'ils mettaient tous à me démontrer la culpabilité d'Évelyne m'exaspérait d'autant plus qu'en mon for intérieur, je leur donnais raison.

***

L'ingénieur chimiste Antoine Varanget n'habitait pas très loin de l'hôpital où l'ami Laframboise s'efforçait de reprendre goût à la vie, plus précisément, dans la rue du

Ha. Pour calmer l'énervement qui me gagnait, je décidai de me rendre à pied chez le chimiste. Une bonne marche me serait du plus grand profit. Au surplus, je n'aurais sûrement pas trouvé un endroit où garer ma voiture. La rue Sainte-Catherine était emplie d'une foule telle qu'il semblait presque impossible d'avancer. Sur la chaussée, les autos roulaient au pas, créant de formidables embouteillages. Je tournai bientôt à droite dans la rue des Ayres, traversai le carrefour où finit le cours Pasteur et m'enfonçai dans la rue du Ha. Chez Tournon, on faisait la journée continue et j'espérais qu'en ce temps d'avant Noël, Antoine Varanget se hâterait de rentrer chez lui, après le bureau.

La femme qui m'ouvrit la porte n'était ni belle ni laide, ordinaire mais gracieuse. Du fond de l'appartement, des cris d'enfants arrivaient, parmi lesquels pointait la voix haut perchée d'une fillette.

— Vous désirez, monsieur?

— Parler à M. Varanget, de la part de M. Tournon.

Aussitôt le visage de la femme se rembrunit.

— Un accident à l'usine?

— Mais non, mais non, rassurez-vous! Ma démarche n'a rien qui puisse vous inquiéter en quoi que ce soit. Simplement des renseignements dont j'ai besoin et que M. Tournon m'a conseillé de demander à M. Varanget.

Rassurée, Mme Varanget m'introduisit dans un salon qui fleurait bon la province et le passé. Tous ces meubles lourds de bois sombre, n'étaient peut-être pas beaux, mais ils représentaient l'acquisition et les goûts de générations successives; par là même, ils en devenaient émouvants. Des meubles qui cadraient parfaitement avec mon hôtesse : solides et sains. Des commandements à mi-voix imposèrent silence aux gosses et bientôt la porte de mon abri s'ouvrit devant un grand et gros homme, au regard placide. Je me levai.

— Monsieur Varanget?

— En effet. Excusez-moi de vous avoir fait attendre mais, vous savez ce que c'est, chez soi on se met à l'aise et j'ai dû remettre chaussures, cravate et veston.

Je protestai qu'il s'était donné là un mal bien inutile mais il parut ne pas me comprendre. Dans son milieu — et cela depuis toujours — on ne recevait qu'au salon et dans une tenue sans le moindre relâchement. Après avoir décliné mon identité, refusé le verre de liqueur-maison qu'on tenait à m'offrir, j'exposai le but de ma visite. Le chimiste m'écouta attentivement, se passant de temps à autre la main sur le menton et les joues, geste qui témoignait de son intérêt. A son attitude, on devinait l'homme ne se payant pas de mots. Il fallait que les phrases qu'on lui adressait, signifiassent quelque chose. Lorsqu'un détail lui échappait, il me priait de répéter. Quand j'eus terminé, il leva vers moi un regard plein de réticences :

— En somme, vous désireriez connaître mon opinion sur notre collègue, Marc Gajan?

— Exactement.

— C'est grave!

Nous nous perdîmes dans des discussions stériles pour mesurer l'importance de cette gravité et jusqu'à quel point, Antoine Varanget, était en droit de donner une opinion n'engageant que sa propre personne. Je dus calmer ses scrupules et je commençais à m'énerver sérieusement lorsque mon chimiste se rendit.

— Bon... Vous m'avez convaincu. Je ne me déroberai pas.

— Enfin! Alors, que pensez-vous de Gajan?

— Rien.

Sur le moment, je demeurai tellement saisi que je ne parvins pas à articuler un mot. Et puis la moutarde me monta au nez et je m'apprêtais à dire à Varanget ce que je pensais de sa plaisanterie stupide, lorsqu'à le regarder, je vis qu'il était sincère.

— Voyons, cher monsieur, votre directeur m'a confié que vous étiez très lié avec Gajan?

— C'est-à-dire qu'en chimie nous avions eu les mêmes maîtres et qu'ainsi nos manières de raisonner se révélaient identiques. Un homme très fort ce Gajan, oui, très fort... Du moins en chimie.

— Il ne vous parlait jamais de sa vie privée?

— Jamais! D'ailleurs, pourquoi m'en aurait-il parlé?

— Vous avez travaillé longtemps à ses côtés?

— Plusieurs années.

— J'ai du mal à admettre que durant toutes ces années, Gajan ne vous ait pas révélé son vrai caractère!

— Un silencieux... Il ne s'enthousiasmait que rarement... Il doutait toujours de lui... Un homme qui, sans le vouloir, vous eût sapé le moral si on l'avait écouté.

— Nourrissait-il des ambitions?

— Cela me surprendrait!

— Enfin, quel était son idéal dans la vie?

— Travailler dans son laboratoire. Tout le reste ne comptait pas pour lui.

— Pourtant il avait une femme? Un foyer?

Varanget parut gêné.

— Je ne voudrais pas médire mais enfin... Sa femme... Le bruit courait qu'elle s'intéressait davantage à un autre qu'à son mari...

— Qui?

— Ça!... Vous savez ce que c'est? Des racontars, des on-dit, des murmures plus ou moins bienveillants... Bref, on parlait d'un type dirigeant un dancing ou un casino, enfin quelque chose de ce genre. Fred Sougeal!...

— Et... A votre avis, si Gajan se trouvait si bien dans son labo, c'est peut-être qu'il se sentait indésirable chez lui?

— Ça se pourrait... En tout cas, ce serait une explication.

— Je vous remercie.

Je laissai le chimiste à ses joies simples, à son épouse solide, à ses meubles honnêtes, à ses enfants vraisemblablement en pleine santé, pour me hâter vers la place Rodesse où demeurait Georges Hordain, l'ingénieur électricien. Vers dix-neuf heures, je sonnai à la porte de son appartement. Là, changement de décor. Une fillette rieuse m'ouvrit.

— M. Hordain, s'il vous plaît?

La petite me contempla, perplexe.

— C'est que... papa est occupé... très occupé.

— Vraiment?

— Il joue avec son train.

— Son train? Je suppose qu'il est électrique?

— Bien sûr.

— Et vous croyez qu'il serait très fâché, si j'allais le voir jouer avec son train?

— Je ne sais pas.

— Vous pourriez peut-être le lui demander?

Elle me regarda avec une admiration non feinte. Cette enfant devait me juger fort intelligent.

— Entrez, monsieur!

Je me glissai dans le vestibule. A ce moment, une jeune femme en peignoir de bain traversa le corridor, en criant :

— Qu'est-ce que c'est, Dany?

— Un monsieur qui veut jouer au train avec papa!

Avant que j'aie eu le temps de mettre les choses au point, Mme Hordain répliquait.

— Conduis-le, Dany, mais recommande-leur de ne pas trop faire de bruit, je sens que je vais avoir mal à la tête!

Elle disparut à mes yeux et la petite me prenant par la main me dispensa de réfléchir sur la manière dont Mme Hordain se souciait des étrangers. Dany ouvrit une porte devant moi et je me trouvai au seuil d'une salle pas très grande mais dont une immense table occupait presque toute la surface. Sur cette table, un réseau de rails coupé de passages à niveau, offrait tous les pièges imaginables à deux convois tractés par des B.B. minuscules et qui, obéissant à un savant jeu d'aiguillage, se croisaient, se doublaient, roulaient côte à côte, frisaient la catastrophe à chaque seconde, mais y échappaient sans cesse à la grande joie du maître de maison et de deux garçonnets en qui vibrait indiscutablement la vocation ferroviaire. Dany annonça :

— Papa!...

Sans se retourner, l'ingénieur répliqua :

— Qu'est-ce que tu veux?

— Je t'apporte un monsieur!

— Où l'as-tu pêché, mon kiki?

Je me persuadai qu'il me fallait prendre la direction des opérations le plus vite possible et je répondis pour la petite fille :

— Sur le palier, monsieur Hordain, tout bêtement. Avec un coup de sonnette comme appât.

Le sieur Hordain daigna, alors, me prêter attention.

— Mais... je ne vous connais pas?

— Il ne tient qu'à vous que nous fassions connaissance.

— Et pourquoi?

— Par exemple, pour être agréable à M. Tournon?

— Qu'est-ce que ce bon Jo a à avoir là-dedans?

— C'est à cause de lui que je suis là.

Il parut réfléchir avant de décider :

— Il semble bien que nous ne puissions pas bavarder ici, hein?

— Je ne le pense pas, en effet.

Il poussa un soupir nettement désespéré et conclut :

— Dommage... Enfin. Suivez-moi, je vous prie.

Abandonnant le réseau ferroviaire, nous nous retrouvâmes dans le fouillis d'un bureau où il fallait enjamber des piles de livres pour avancer et ôter des monceaux de papiers des sièges, pour espérer s'y asseoir. Hordain ne paraissait absolument pas gêné par ce désordre.

— Je vous écoute, monsieur...?

— Lissey, Tony Lissey.

Et, une fois encore, j'exposai le but de ma visite. Je conclus en déclarant :

— D'après M. Tournon, vous étiez l'un des très rares amis de Gajan et c'est la raison pour...

Il leva la main pour m'interrompre :

— Personne n'était l'ami de Gajan. Il se servait de nous et ne s'intéressait à autrui qu'autant qu'il pouvait en espérer quelque chose. Comment vous faire comprendre? Il n'y avait rien de désintéressé en lui. Vous voyez ce que j'essaie d'exprimer?

— Très bien. A votre avis, nourrissait-il des ambitions?

— Une seule : devenir riche et le plus vite possible.

— Pourquoi? Il avait de gros besoins d'argent?

— Sinon lui, du moins sa femme.

De nouveau, ce pincement au cœur. Mais, il se passait

un phénomène étrange : au fur et à mesure qu'on accablait Évelyne, je trouvais des raisons, même informulées, pour la défendre, la justifier.

Hordain dut remarquer quelque chose dans ma voix car il m'observa avec curiosité lorsque je demandai :

— Vous connaissez Mme Gajan?

— Je l'ai connue autrefois quand elle travaillait à l'usine.

Je crus qu'il allait me parler de l'aventure d'Évelyne et de Tournon, genre d'histoire dont on raffole généralement en province, mais Hordain était un chic type. Il ne se permit aucune allusion au passé de celle dont je parvenais de moins en moins à détourner ma pensée. Il enchaîna :

— C'est une jolie femme dont on a mal compris le mariage avec Gajan, du moins ceux qui n'avaient pas deviné en notre collègue cette féroce volonté d'arriver et qui lui faisait négliger la vie pour parvenir plus tôt à son but.

— Et pourquoi cette passion, à votre avis?

— Je pense qu'il tenait à montrer à sa femme qu'il était quelqu'un et puis...

Il hésita. Je le pressai.

— Et puis?

— Et puis, c'était peut-être le seul moyen de retenir sa compagne?

*
* *

De retour sur la place Rodesse, j'avais tout loisir de méditer sur le jugement des hommes par rapport à autrui et cela me donnait d'étranges idées quant aux décisions des jurys de cour d'Assises. Ainsi, deux hommes d'une intelligence nettement au-dessus de la moyenne, travaillaient depuis des années aux côtés d'un autre homme et tous deux nourrissaient une opinion diamétralement opposée à son sujet. Pour Varanget — comme pour Tournon, d'ailleurs — Gajan s'affirmait un être falot, sans personnalité, marié à une Évelyne qui le traitait de façon méprisante. Pour Hordain, celui que je recherchais, cachait sous son aspect incolore, une volonté inébranlable, avec sans doute une certaine absence de scrupules. Les uns et les autres cependant se rejoignaient sur un point : l'attachement profond de Marc pour sa femme.

Après cette triple enquête, je n'étais pas plus avancé mais toujours aussi incapable de me représenter Marc Gajan partant, de supposer qu'elle pouvait avoir été son attitude. Je suis de nature assez obstinée. L'échec, loin de me rebuter, m'excite l'esprit. J'entrai dans le premier café venu et, ayant consulté l'annuaire, j'appelai l'*Anneau de Saturne*. Ce fut Sougeal — dont je reconnus la voix — qui me répondit.

— Allô?

— Bonjour Sougeal. Vous m'en voulez pour hier soir?

— Ah! C'est vous... Qu'est-ce que cela peut vous foutre que je vous en veuille ou non, espèce de salaud?

— Parce que j'ai un service à vous demander.

— Eh bien! vous, alors, vous ne manquez pas de culot! Quel genre de service?

— A propos de Mme Gajan.

J'avais failli dire Évelyne mais je m'étais, heureusement, retenu à temps.

— Ça vous gênerait de lui ficher la paix?

— Ça ne dépend que de vous.

— Comment cela?
— C'est ce que je souhaiterais vous expliquer.
Il dut réfléchir un instant car sa réponse tarda.
— Bon... Venez quand vous voudrez.
— Tout de suite, ça irait?
— D'accord. Prenez la porte à côté de l'entrée de la salle. L'escalier vous conduira directement à mon bureau.
— J'arrive.
J'eus la chance de tomber presque immédiatement sur un taxi en maraude qui me conduisit à mon rendez-vous. Selon les instructions reçues, je poussai la petite porte située à côté de l'entrée principale de l'établissement et grimpai un escalier aussi étroit qu'obscur. Je fus incapable de dénicher la minuterie, si toutefois il y en avait une. Enfin, je parvins à un palier. Je craquai une allumette dont la brève lueur me permit de distinguer une plaque où s'étalait le nom de Sougeal. Je frappai. On me cria d'entrer et je poussai la porte, de confiance. J'eus tort, car à peine avais-je fait un pas dans la pièce que quelque chose de lourd s'abattit sur mon crâne et que je m'effondrai, le nez sur le tapis.

J'ignore combien de temps je restai dans le cirage. Tout ce dont je me rappelle c'est que ce fut une sensation de brûlure qui me ramena sur terre. J'ouvris un œil plutôt comateux : Sougeal, penché sur moi, me soutenant le chef, m'ingurgitait du whisky. J'étais trop mou pour essayer de l'attaquer et je me contentais d'avaler avec conviction l'excellent alcool qu'il m'entonnait. Il s'arrêta le premier :
— Dites donc, mon vieux, vous ne vous figurez quand

même pas que je vais gaspiller toute une bouteille de Johnny Walker?

Je ricanai.

— Et mesquin avec ça?

Il m'aida à me relever et à m'installer dans un fauteuil. Je balbutiai :

— Vous avez essayé de me tuer?

Il se mit à rire.

— Je n'ai jamais tué personne mais il me semble que si je m'y décidais, j'userais d'autre chose que d'une bouteille de whisky! Non, mon vieux, j'ai simplement tenu à vous rendre la monnaie de votre pièce. Hier soir, vous m'avez eu par surprise, aujourd'hui, c'est mon tour. Maintenant, si vous y consentez, on est quitte. D'accord?

— D'accord.

A vrai dire, je n'étais pas tellement sincère mais, comme chacun sait, il est des plats qui se mangent froids.

— Et maintenant, monsieur le fouineur, si vous me disiez ce que vous attendez de moi?

— Votre opinion sur Marc Gajan?

— En voilà une idée tordue! Et à quel point de vue?

— Je désirerais que vous m'aidiez à faire sa connaissance puisqu'il m'est impossible de le rencontrer.

— Je vois...

Il se renfonça dans un fauteuil.

— Un type à peu près de ma taille mais moins costaud... L'air plus intellectuel... Un gars qui s'excuse quand on lui marche sur les pieds... Un inoffensif, quoi! Du moins en apparence...

— Ce qui signifie?

— Que je l'ai soupçonné de jouer un double jeu... Pour moi, pour tous, il y a le Gajan que chacun rencontre et prend un peu en pitié... Un Gajan incapable de se débrouiller seul... Quand nous partons pêcher ensemble, vous ne pouvez pas imaginer le nombre de maladresses qu'il commet. On dirait, par moments, qu'il met une sorte d'acharnement à se rendre ridicule...

— Même devant sa femme?

— Même devant sa femme, ce qui est plutôt étrange, car il y tient beaucoup plus qu'elle ne tient à lui.

— Elle vous l'a confié?

— Jamais expressément, mais je suis leur familier depuis des années. Il y a des signes qui ne trompent pas.

— Et vous avez, cependant, l'impression qu'il joue ce personnage d'effaré, de maladroit?

— Oui.

— Sur quoi vous basez-vous?

— Difficile à expliquer... Des changements de physionomie quand il se croit à l'abri des regards... Une attitude soudainement plus virile lorsqu'il s'imagine seul. En bref, il m'a toujours donné l'impression d'un homme qui mijotait quelque chose de vache, et depuis longtemps. Si bien que son départ ne m'a réellement pas surpris.

— Vous n'étiez pas avec les Gajan, ce dimanche où il a disparu?

— Non... Je possède une sorte de cabanon en face d'Arcachon, près de Grand Piquey. C'est aménagé pour passer le week-end, surtout à la belle saison... Mais Gajan avait parfois de curieuses idées. Il obligeait Évelyne à l'y suivre pour la journée, à l'automne ou en hiver... Histoire — prétendait-il — de trouver le calme dont il sentait le besoin. A la mauvaise saison, je dois, quant à moi, m'occuper d'autre chose que de singer les demi-Robinson. Encore un peu de whisky?

— Volontiers.

Nous bûmes et, reposant mon verre, je déclarai :

— Sougeal, je ne suis pas curieux de votre vie privée mais je mène une enquête policière, ce qui me pousse à toutes les indiscrétions.

— Allez-y?

— Êtes-vous l'amant de Mme Gajan?

— Non.

— Mais, vous l'aimez?

— Oui... Toutefois pas au point de trucider son époux dans l'espoir de prendre sa place.

— Sougeal, elle, est-ce qu'elle vous aime?

— Je voudrais vous répondre oui mais, franchement, je n'en sais rien. Ce n'est pourtant pas faute de le lui avoir demandé, mais, sans cesse, elle se dérobe... Aussi amer que cela me soit, je finis par me convaincre qu'elle est attachée à son mari... C'est navrant...

— Vous trouvez?

— Marc ne mérite pas une femme comme Évelyne! D'ailleurs, s'il a fichu le camp avec son invention, — ce que je souhaite, entre nous — elle se convaincra peut-être que son cher mari n'était qu'une intelligente crapule!

— Vous aimez Mme Gajan depuis longtemps?

— Depuis toujours.

— C'est-à-dire?

— Depuis que nous nous sommes rencontrés... Il y a cinq ans environ.

— Comment l'avez-vous connue?

— Elle venait de temps en temps dans ma boîte.

— Seule?

Il eut l'air très embarrassé. Je suggérais doucement :

— Tournon l'accompagnait peut-être?

— Vous êtes au courant?

— C'est mon métier.

— Oui, Tournon a été unc erreur dans l'existence d'Évelyne, une courte erreur d'ailleurs.

— Suivie d'une erreur plus importante en la personne de Gajan, non?

— Pas exactement car Marc l'a épousée.

Nous nous tûmes pendant quelques instants.

— Sougeal... Il ne vous est jamais venu à l'esprit qu'Évelyne Gajan pouvait, elle aussi, mener un double jeu?

Je lui aurais affirmé que j'étais un habitué de l'Élysée qu'il n'aurait pas paru plus surpris.

— Je ne comprends pas.

— Avant la plupart des autres, elle a compris ce que pouvait atteindre Marc et son ambition... Elle le laisse aller son train et quand il arrive au but, hop! elle entre dans la ronde pour convaincre son mari de trahir afin de gagner encore plus d'argent? Alors, ensemble, ils montent cette comédie de la fuite de Gajan et les choses tournent mal. C'est d'abord mon camarade qui devine la combinaison et qui est abattu, puis Suzanne Crastes, scandalisée par les faits et gestes de son ancienne collègue, qui décide de me révéler ce qu'elle sait : on l'a tuée. On tente de m'écraser, on manque de peu l'inspecteur Laframboise qu'on ignorait être un ami de Suzanne Crastes, mais qu'on savait décidé à la venger en m'aidant de tout son pouvoir. Qu'est-ce que vous pensez de ça, Sougeal?

Il haussa lourdement les épaules.

— Vous avez beaucoup d'imagination... Si vous connaissiez Évelyne comme je la connais, vous ne la soupçonneriez pas de meurtre... C'est idiot!

— Je n'affirme pas que ce soit elle qui a tué, mais un complice, sur ses indications.

— Un complice pour une besogne pareille? Où diable l'aurait-elle trouvé?

— En la personne d'un homme l'aimant assez pour accepter toutes ses exigences. Vous, par exemple?

Je m'attendais à une réaction des plus vives et surveillais les mouvements de Sougeal mais, il se contenta de ricaner :

— Je l'aime, c'est entendu mais, je vous l'ai dit, pas à ce point-là! Pas au point d'admettre de rêver d'elle au bagne jusqu'à ma mort! Il faudra trouver un autre épilogue à votre histoire. Je ne suis peut-être pas assez romantique...

— Et puis vous n'aimez peut-être pas Mme Gajan autant que vous vous l'imaginez?

— Parce que je refuserais, le cas échéant, de me transformer en meurtrier pour ses beaux yeux?

— Parce que vous avez déjà une maîtresse, Linda Deal, qui semble tenir beaucoup à vous.

Ce coup-là, il éclata de rire.

— Ça ne va décidément pas mieux, hein? Linda? Jamais il n'y a rien eu entre nous! Jamais! C'est une employée et pas autre chose... Si je me montre plus familier avec elle qu'avec la fille du vestiaire c'est qu'elle a plus de classe et qu'elle mérite plus d'égards, du fait qu'elle est ma vedette. Un point c'est tout! Vu?

***

Sur le trottoir, ayant refermé derrière moi la porte donnant sur le dangereux escalier, je me heurtai à Linda Deal.

— Je vous reconnais, monsieur Lissey... Vous êtes venu voir Fred, n'est-ce pas? Toujours pour cette histoire

Gajan ? Je vous en supplie, il faut me croire ! Vous vous trompez, Fred n'est pour rien dans cette saleté !

— Alors qui ?

— Je... Je ne sais pas... Mais ce n'est pas Fred ! Je vous le jure !

Je l'attrapai par le bras.

— Vous l'aimez, n'est-ce pas ?

— Oui !

Brusquement, elle se dégagea et pénétra en courant dans l'*Anneau de Saturne*. En rejoignant les Quiconces pour y récupérer ma voiture, je me convainquais que le nommé Fred Sougeal m'avait joué une bien jolie comédie. Qu'il aimât Évelyne, je n'en doutais pas, mais qu'il fût l'amant de Linda, je n'en doutais pas davantage. Il aurait dû la mettre au courant de ses mensonges car cette chère Linda, par sa véhémence, avait trahi leur secret.

Une fois au volant de ma voiture, je récapitulai toutes les opinions recueillies sur Marc Gajan. Pour le moment, l'image d'un Gajan plein d'astuce et de calculs s'imposait au premier plan de mon esprit. Je décidai d'aller demander à Évelyne de mettre une touche finale au portrait, et je filai en direction de Cauderan.

CHAPITRE IV

Évelyne me reçut avec froideur et tout de suite me déclara :

— Je ne suis vraiment pas contente de vous !

— Pas possible ?

— Ce que vous avez fait à Sougeal, hier soir !

— J'en avais envie depuis que je le connais.

— Mais enfin, pourquoi ?

— Parce que je n'admets pas l'entendre raconter qu'il vous aime !

— Seriez-vous jaloux ?

— Et quand cela serait ?

— Monsieur Lissey... Vous ?

— Mais rassurez-vous, votre cher Fred m'a rendu la monnaie de ma pièce, en m'assommant proprement quand je me suis rendu dans son bureau !

— Vous êtes fous tous les deux ! Vous semblez oublier que je suis mariée !

— Justement, je voulais vous prier de me parler de votre mari.

Elle m'examina pour essayer de deviner si je me moquais d'elle ou non et concluant sans doute par la négative, murmura :

— Vous jouez à m'étonner, n'est-ce pas, monsieur Lissey?

Installé confortablement dans un fauteuil de la salle de séjour, je regardais Évelyne s'affairer à la préparation d'un cocktail. Repris par mes songes du début de l'après-midi, je me disais que ce serait bien agréable d'habiter une maison aussi confortable avec une pareille femme à qui je n'osais pas avouer clairement, nettement, mes sentiments. Au surplus, comme elle venait de me le rappeler, elle était mariée mais plus pour longtemps, à mon avis. Je repris mes explications quant au désir que j'avais de mieux connaître Marc Gajan pour tenter de deviner ce qui lui était arrivé. Évelyne s'en fut chercher une photographie de son mari, plus grande que celle que j'avais vue. Toujours la même impression : ni beau ni laid. Quelconque. Le genre d'homme qu'on ne remarque pas, en effet. Ce peut être une faiblesse ou une force. Un curieux rapprochement me poussa à constater qu'il ressemblait un peu à Sougeal. Mon hôtesse en convint après une légère hésitation.

— Maintenant, madame Gajan, soyez très franche et peignez-moi le portrait moral de votre mari?

Elle essaya d'un faux-fuyant.

— Si tant est qu'une femme ou qu'un homme puisse savoir quoi que ce soit de celui ou de celle qui vit à ses côtés?

— Je ne suis pas là pour me livrer aux joies de la philosophie, madame, mais bien pour accomplir une mission précise que je ne saurais mener à son terme sans votre aide.

— J'ai rencontré Marc à l'usine Tournon...

Je ne tenais pas à ce qu'elle entrât dans la voie des aveux en ce qui touchait ses rapports avec Tournon.

— Je sais, je sais... Passons tout de suite, si vous le voulez bien, à ce qui vous a attiré en Gajan?

— D'abord, la curiosité... Ce garçon timide, quasi muet, ne se liant avec personne, m'intriguait... Parce qu'il semblait me fuir, selon une loi naturelle, je m'efforçai de me rapprocher de lui. Brusquement, un dimanche où nous nous étions rencontrés par hasard dans Bordeaux, je lui demandai effrontément de m'offrir le thé. Sur le moment, il me parut désorienté mais comme il lui était difficile de refuser, nous nous rendîmes dans un café et là, mis en confiance sans doute, Marc Gajan se révéla à mes yeux tout autre que ne me l'avaient dépeint ses collègues. Cet homme seul, qui sûrement souffrait de sa solitude, se confia. J'appris alors qu'il était doué d'une volonté inébranlable, qu'il s'écartait de ceux qui l'entouraient, non par timidité, mais parce qu'il ne voulait pas perdre son temps. Ce garçon apparemment falot rêvait de puissance, de fortune... Spontanément, j'ai eu confiance en lui, j'ai su qu'il réussirait.

— C'est à cause de cet avenir promis que vous l'avez aimé?

— Oh! C'est facile de mépriser les gens, monsieur Lissey... Je n'ai pas eu une jeunesse des plus faciles. Comme tout le monde, j'ai le goût des belles choses, de l'existence dorée... J'ai senti que Marc pourrait m'apporter tout cela un jour. J'ai misé sur sa réussite.

— L'aimez-vous?

— Disons que j'ai toujours ressenti et que je ressens encore une grande tendresse pour lui... Un peu l'amour d'une sœur pour un frère qui aurait besoin d'être protégé.

— Et lui?

— Je pense qu'il m'aime autant qu'il est capable d'aimer quelqu'un mais, pour être franche, je crois n'arriver qu'en seconde position dans son cœur : il y a d'abord ses travaux.

— Vous n'estimez donc pas possible qu'il vous ait abandonnée pour recommencer sa vie ailleurs?

— Je ne sais plus que penser, monsieur Lissey... Il y a encore trois ou quatre jours, je vous aurais répondu par la négative mais ce temps qui passe, cette absence de nouvelles... Maintenant, je l'avoue, je commence à douter...

— Et ces meurtres? Ces agressions manquées?

— Là, je ne comprends plus. Je ne vois absolument pas de rapport entre ces crimes et la nature du Marc chez qui je n'ai jamais surpris la moindre violence.

— Tout cela ne m'avance guère, madame. Pour moi il n'y a que deux hypothèses : ou vous ne connaissiez pas votre mari, ou vous êtes en partie responsable de sa disparition.

— Comment osez-vous dire une chose pareille?

— Il peut vous paraître sans le moindre intérêt que Suzanne Crastes ait été tuée, qu'on ait essayé de m'abattre, ainsi que l'inspecteur Laframboise, mais moi j'ai un copain à venger, vous entendez? Alors, j'affirme que votre mari est une canaille dont j'aurai la peau même si je dois le poursuivre jusqu'au bout du monde, ou bien que vous êtes une garce qui, par amour pour un tenancier de boîte de nuit, n'a pas reculé devant le meurtre ou la complicité de meurtre!

Je voulais la pousser hors de ses gonds, faire craquer ce vernis de courtoise indifférence dont elle se protégeait. Elle blêmit jusqu'aux yeux et se leva.

— Je ne sais pas si j'ai le droit d'agir ainsi, mais je vous prie de sortir immédiatement et de ne jamais remettre les pieds chez moi! Si vous avez encore des questions à me poser, vous me convoquerez. Pour clore cet entretien, je précise que je ne suis pour rien dans la disparition de mon mari à qui, malgré tout, je garde ma confiance, que M. Sougeal n'est pour moi qu'un ami qui, dans les moments difficiles que je traverse, m'est d'un secours précieux. De plus, il ne se permettrait jamais, lui, de m'insulter!

Je me couchai, pas mécontent de ma journée. Maintenant, je n'ignorais plus que ceux qui prenaient Gajan pour une sorte de type sans consistance se trompaient lourdement. Dès lors, sa fuite devenait plausible en même temps que sa trahison. Les crimes et tentatives de meurtre ayant accompagné sa disparition, me renforçaient dans l'idée qu'il s'agissait d'une bande dont Marc était le chef, ou l'otage, ou le complice. Je m'endormis en souriant, car dans sa colère, si Évelyne avait aimé Sougeal, elle me l'eût jeté au visage.

•

Le lendemain, je me rendis vers midi à l'hôpital où Jérémie réagissait magnifiquement. Sa robuste constitution lui promettait une convalescence des plus courtes. Il sembla heureux de me voir. Quant à moi, j'avais l'impression que nous formerions un bon tandem si la chose se révélait possible. Il m'accueillit en déclarant :

— Tony, j'ai fait un rêve épatant! Votre patron m'invitait à lui rendre visite puis s'arrangeait avec mes chefs pour me permettre de quitter la Sûreté nationale et entrer dans son équipe. Alors, vous et moi, nous commencions à parcourir le monde. Vous ne pouvez vous figurer le nombre de victoires que j'ai remportées cette nuit sur des espions de toutes races, sous tous les cieux!

— Doucement, Jérémie, doucement ! Il ne faudrait pas confondre les Services spéciaux avec l'agence Cook, hein ?

— Vous n'êtes pas romantique, Tony, c'est ce qui me déplaît en vous.

— Vous m'affirmiez le contraire, il n'y a pas si longtemps ?

— Cela prouve la souplesse de mon raisonnement et démontre que je n'ai pas d'idées fixes... A présent, asseyez-vous et racontez-moi vos derniers exploits.

Je lui fis part des résultats de mon enquête et comment, grâce surtout à Sougeal et Évelyne, mon opinion sur Gajan se fixait enfin : un aventurier intelligent, froid et résolu, capable d'une grande dissimulation. Dès lors, il devenait difficile de le considérer comme une victime hypothétique.

— Oui... A condition qu'Hordain ne se soit pas trompé... Que Sougeal et Mme Gajan aient été sincères.

— Ça signifie quoi, cette remarque ?

— Tony, il a été dit : « Gardez-vous des faux prophètes. Ils viennent à vous sous des vêtements de brebis, mais au-dedans ce sont des loups. Vous les reconnaîtrez à leurs fruits : cueille-t-on des raisins sur des épines, ou des figues sur des ronces ? »

— Traduisez, s'il vous plaît, en langage perceptible à tout le monde ?

— Sougeal et Mme Gajan sont peut-être sincères, peut-être mentent-ils ?

— Permettez-moi de vous signaler que je possède quelque expérience !

— Qui ne sert à rien, Tony, quand on est amoureux.

Ma sympathie envers Laframboise baissait de minute en minute. De nouveau, son acharnement contre Évelyne m'exaspérait. La discussion tournait à l'aigre lorsqu'un agent se présenta, porteur d'un pli pour le blessé. Jérémie lut le message, congédia son second visiteur, puis me déclara :

— Après tout, Tony, il se pourrait que vous eussiez raison. On vient de retrouver la voiture de Gajan.

— Où?

— A Saint-Ignace.

— Où cela perche-t-il?

— A quelques kilomètres de Sare, c'est-à-dire tout près de la frontière espagnole.

— Je suis chez moi à Sare, et j'y ai pour amis quelques types connaissant chaque pouce de terrain et capables de traverser la frontière au nez de tous les gendarmes et carabiniers. Si Marc Gajan a eu recours aux services de l'un d'eux, je le saurai.

— Vous irez là-bas?

— Le temps de mettre de l'essence dans ma voiture et je file. A demain.

— A demain. Bonne chasse!

— Naturellement, pas trace du nommé Gajan lui-même?

— Naturellement.

J'arrivai à Sare en fin d'après-midi, dans une obscurité complète. J'avais craint de rencontrer la neige mais, heureusement pour moi, toutes les routes que j'empruntai étaient dégagées. Je trouvai une chambre à l'hôtel *Arraya* où une jolie tranche de pâté de foie et un poulet aux cèpes consolidèrent mon optimisme. Dès le lendemain matin, je m'en fus trouver mon ami Ispour que l'âge empêche de continuer à courir la montagne, mais qui sait tout ce qu'on peut savoir sur ce qui se passe dans la région. Il me reçut avec cordialité. Nous avions travaillé ensemble plusieurs fois. Autour d'un flacon de vin de Madiran, nous commençâmes par évoquer les souvenirs d'antan. Ispour connaît tous les contrebandiers du coin et c'est lui qui règle les différends qu'ils peuvent avoir entre eux. Un homme puissant, au visage buriné par le vent des cimes. Le cheveu est plus blanc que jadis, l'épaule plus voûtée mais l'œil a gardé cette sorte de lumière dansante qui révèle l'intelligence subtile du vieux Basque. Après que nous eûmes sacrifié aux rites de l'amitié, nous vînmes aux choses sérieuses :

— Alors, Tony, qu'est-ce qui vous amène chez nous à pareille époque?

— Retrouver le gars qui a passé la frontière avec un type que je recherche.

— Qu'est-ce qu'il a fait ce type?

— Tué mon meilleur copain, qui laisse une veuve et un gosse.

— Et pourquoi?

— Pour trahir son pays.

Ispour se tut un moment, puis déclara :

— Des gens de cette espèce ne méritent pas de vivre. Tony, j'espère que vous réussirez à le coincer.

— J'ai besoin de vous pour ça... Il faut me dénicher celui qui l'a emmené de l'autre côté.

— Il y a combien de temps à peu près?

Je lui donnai les limites des dates où Gajan avait pu se présenter à Sare. Le vieux se leva :

— Vous êtes à l'*Arraya?*

— Oui.

— Retournez-y boire un coup à ma santé et attendez que je vous appelle.

Il m'alerta vers deux heures et m'invita à prendre le

café chez lui. Je m'y rendis aussitôt. Ispour me présenta un beau garçon, mince, mais qu'on devinait de muscles durs.

— Voilà Vincent Izotches... Je crois que c'est votre homme.

En quelques mots je dis à ce Vincent les raisons me poussant à rechercher Gajan.

— Puisque Ispour est d'accord, je suis d'accord, monsieur Lissey. Le gars en question est arrivé un matin. C'est Baïgorry qui me l'a envoyé. Le client m'a expliqué que sa voiture avait cassé et qu'il lui fallait absolument entrer en Espagne. Nous, vous savez, on ne pose pas de questions. Il était vêtu comme il fallait pour la course qu'il se proposait d'entreprendre.

— Pourriez-vous me décrire votre client?

— Oh! Je me le rappelle bien!

Et Vincent Izotches se lança dans une description qui me parut cadrer parfaitement avec celle de Marc Gajan. Désormais, pour moi, la cause était entendue. Marc avait filé en Espagne avec son dossier pour le vendre à des agents étrangers.

En rentrant à Bordeaux, ma première visite fut pour Salvagnac à qui je rapportai la découverte de la voiture de Gajan et son passage en Espagne. Mon collègue grogna :

— En somme, c'est cuit pour nous?

— En tout cas, ce n'est pas à moi de décider.

— Vous remontez à Paris?

— Ce soir même. Les gars de la D.S.T. essaieront de savoir s'il existe ou non un réseau qui a protégé la fuite de Gajan et la Sûreté s'occupera des meurtres sur les personnes de Triviers et de Suzanne Crastes.

— Alors, on ne se revoit plus?

— Eh bien! pas pour l'instant... J'ai été très heureux de vous connaître, mon vieux.

— Moi aussi. Ça m'a rappelé le bon temps.

Nous échangeâmes une solide poignée de main. Laissant la Vauxhall à Salvagnac, j'empruntai un taxi pour me rendre à l'hôpital.

Laframboise montrait la meilleure mine du monde. A lui, je fis un rapport plus minutieux de mon enquête à Sare, avant de conclure :

— Si jamais vous avez des ennuis dans ce coin, ne manquez pas de vous adresser à Ispour de ma part. Il vous rendra service dans la mesure de ses moyens.

Je terminai mon discours en annonçant mon départ, estimant l'affaire terminée en ce qui me concernait. Jérémie hocha la tête et dit calmement :

— L'Ecclésiaste enseigne : « Détourne les yeux de la femme élégante, et ne regarde pas curieusement une beauté étrangère... Ne t'asseois jamais auprès d'une femme mariée et ne bois pas avec elle le vin des banquets, de peur que ton âme ne se tourne vers elle, et que la passion ne t'entraîne à ta perte. »

— Parfait! Et que désirez-vous me laisser entendre par là, excellent Jérémie?

— Tout simplement que pensant trouver dans la fuite de Gajan la preuve de l'innocence de sa femme, vous vous refusez à chercher plus loin.

— Laframboise, mon bon ami, vous commencez à me casser sérieusement les pieds!

— Je m'en doute, figurez-vous.

— Pourquoi cet acharnement contre Évelyne Gajan?

— D'abord parce qu'en général, je me méfie des

femmes, et, quoi que vous pensiez, je crois que celle-là est mouillée jusqu'au cou dans cette affaire.

— Rien ne vous permet de...

— Si! Deux meurtres et deux tentatives d'assassinat!

— Insinuez-vous que ce soit elle qui...

— Je l'ignore, mais je ne sais pas davantage si elle est innocente de crimes qui n'ont pu être commis que sur ses renseignements, volontaires ou involontaires! Tony...

— Et après?

— J'avais cru comprendre que Triviers était votre meilleur copain?

— Foutez-moi la paix! De toute façon, il faut que je remonte à Paris pour rendre compte et peut-être m'enverra-t-on en Espagne pour tenter de repérer Gajan. Adieu!

— Vous ne me serrez pas la main?

— Si, bien sûr...

Mais, malgré moi, je prononçai ces mots avec si peu de chaleur que Jérémie, avec un sourire triste, remarqua :

— J'ai le sentiment que ce n'est pas demain que nous ferons équipe aux Services Spéciaux, nous deux, hein?

Je n'eus pas le courage de protester.

Évelyne tenta de me fermer la porte au nez quand elle me reconnut dans l'entrebâillement. Il me fallut lui affirmer que ma présence chez elle avait des motifs graves touchant son mari pour qu'elle consentît à me laisser entrer.

— Que me voulez-vous encore?

— Vous demander pardon.

— Pardon?

— De vous avoir soupçonnée.

— Voilà un bien brusque revirement?

— Dû à ce qu'on a retrouvé trace de votre époux.

Elle porta vivement la main à sa gorge comme si elle essayait d'étouffer, d'arrêter un cri montant du plus profond d'elle-même.

— Vous... Vous avez retrouvé Marc?

— Enfin, du moins sa voiture... Près de Sare.

— Ce qui veut dire?

— Qu'il l'a abandonnée pour passer la frontière. J'ai d'ailleurs bavardé avec son passeur. Il a été formel. Il faut vous faire une raison, madame : votre mari a fiché le camp et vous a laissé tomber!

Elle me regarda curieusement.

— J'ai l'impression que... que vous en éprouvez du plaisir.

— C'est vrai.

— Mais, pourquoi? Pourquoi?

Je brûlai mes vaisseaux.

— Parce que je vous aime!

Elle eut un rire forcé.

— Curieux amour qui commence par accabler son objet des soupçons les plus injurieux! les... les plus monstrueux!

D'un élan, j'allai m'asseoir sur le divan où elle était assise et pris ses mains dans les siennes :

— N'avez-vous donc pas compris que je me faisais l'avocat du diable? J'étais absolument convaincu de votre innocence, mais j'en souhaitais une preuve que je pusse apporter aux autres. Chaque accusation que je vous assenais, me déchirait le cœur... car je vous aime, Évelyne, je vous aime depuis le premier moment où je vous ai rencontrée... Je vous aime au point de ne plus tenir à mon métier... Depuis que nous nous sommes vus, je ne me sens plus capable de rien... Plus rien ne m'intéressait parce que vous apparteniez à un autre... Je n'ai jamais pensé que votre mari vous donnerait signe de vie ou vous appellerait près de lui... Je redoutais Sougeal... Mais lui-même a reconnu que vous ne l'aimiez pas... Vous n'aurez aucun mal à obtenir le divorce... Et si vous le voulez, je vous promets que j'agirai de mon mieux pour tenter de vous rendre heureuse...

Des larmes dans les yeux, elle m'avoua d'une voix sourde :

— Je... Je voudrais tant vous croire... J'ai peur de demain... J'ai peur de la solitude... Un Sougeal ne m'en préserverait pas... Moi aussi, Tony, quand je vous ai vu, j'ai regretté de n'être pas libre...

Je l'étreignis et elle s'abandonna contre moi. Le poids tiède de cette jolie femme m'émut comme je n'aurais jamais imaginé pouvoir jamais l'être.

— Évelyne, vous me donnez la plus grande joie de ma vie... Je rentre ce soir à Paris pour remettre mon rapport, puis je démissionnerai et je reviendrai vers vous... Vous m'attendrez, n'est-ce pas?

— Rien maintenant ne pourrait m'empêcher de vous attendre, Tony... Essayez d'être de retour pour Noël, que nous puissions passer ensemble notre premier Noël?

— Je vous le promets!

Dans le rapide de nuit qui me ramenait à Paris, je ne pus obtenir un wagon-lit, la proximité immédiate des fêtes ne laissant aucun espoir à ceux qui n'avaient pas pris la précaution de louer. Je réussis à dénicher une place de première et, coincé entre une grosse dame qui inclinait à me prendre pour un oreiller et un monsieur au sommeil agité, je ne parvins pas à fermer l'œil. De toute façon, la joie m'eût empêché de dormir, et aussi, une pointe de remords, car en dépit de toutes les histoires que je me racontais, il n'en demeurait pas moins que par suite de mon amour, je reniais la promesse faite à la mémoire de Triviers, j'abandonnais à son sort le meurtrier de Suzanne Crastes, je pardonnais à celui qui avait tenté de m'écraser et d'abattre Laframboise. Je reniais ma sympathie, ma reconnaissance pour Jérémie... Un bilan des plus moches, il fallait bien que j'en convinsse. Mais quoi, poursuivre son meurtrier ne rendrait pas la vie à Bertrand et j'apaisai mes scrupules en tentant de me persuader que celui ou ceux qui prendraient ma suite, coinceraient l'assassin. Et puis, j'aimais Évelyne, elle m'aimait, tout le reste n'avait plus aucune importance.

Le Patron qui me reçut quelques heures après mon arrivée dans la capitale, m'écouta sans manifester le moindre sentiment. Lorsque j'eus terminé, il conclut :

— En somme, d'après vous, Marc Gajan s'est sauvé avec son dossier, a gagné l'Espagne, abandonnant sa femme — à laquelle de notoriété publique, il tenait beaucoup — pour vendre son invention à une puissance étrangère qui lui permettrait de recommencer sa vie dans d'excellentes conditions?

— Oui.

Le Patron m'examina longuement, puis :

— Tony, que vous arrive-t-il?

— Je ne vous comprends pas?

— Cela ne vous ressemble pas de vous contenter d'une explication qui n'explique rien du tout.

— Pourtant, il me semble...

— Vous n'êtes pas sincère, Tony. Vous savez aussi bien que moi que si les choses s'étaient passées comme vous prétendez le croire, la mort de Triviers serait absurde, comme celle de Suzanne Crastes et aussi les tentatives pour vous supprimer et vous priver de l'aide de cet inspecteur qui, d'après ce que vous m'avez confié, m'a l'air d'un type bien.

— A ce propos, Patron, Laframboise souhaiterait entrer chez nous et travailler sous vos ordres?

— A votre place?

— A ma place.

— Vous ne seriez pas venu, par hasard, m'apporter votre démission?

— Je ne vois pas ce qui vous permet de croire...

— Tony, lorsqu'un agent de votre valeur se conduit à la manière d'un débutant, c'est qu'il n'aime plus son métier, et chez nous, plus que partout ailleurs, quand on n'aime pas le métier, on le quitte.

Parce que j'avais honte, je mentis sans conviction. Le Patron ne fut pas dupe.

— Rentrez chez vous, Tony... pour quelques jours de réflexion, et revenez me voir; nous prendrons alors, ensemble, une décision. En attendant, je vais alerter nos agents de Madrid pour qu'ils essaient de retrouver la trace de Marc Gajan.

Je fus d'une humeur massacrante pendant les vingt-quatre heures durant lesquelles je ne sortis presque pas de chez moi. Je téléphonai longuement à Évelyne pour l'assurer que je m'ennuyais loin d'elle. Elle me demanda si j'avais déjà donné ma démission. Ma réponse négative parut la soulager. Elle ne tenait pas à ce que j'agisse sur un coup de tête. Je lui affirmai qu'hors d'elle, rien n'existait plus pour moi. Nous nous répandîmes en propos tendres et bêbêtes, pareils ainsi à tous les amoureux du monde. Après cette communication, je me détendis. Si le

Patron n'était pas content de moi, il n'avait qu'à s'adresser à un autre!

Au matin qui suivit mon entretien téléphonique avec Évelyne, je reçus une lettre portant le timbre de Bordeaux. Aussitôt mes idées sombres revinrent m'assaillir. Je décachetai le pli avec une certaine fébrilité. Une simple feuille de papier sur laquelle on avait tapé à la machine :

Entrez par la porte étroite ; car la porte large et la voie spacieuse conduisent à la perdition, et nombreux sont ceux qui y passent ; car elle est étroite la porte et resserrée la voie qui conduit à la vie, et il en est peu qui la trouvent!

Laframboise!... Il n'y avait que lui pour m'adresser pareil message! Est-ce qu'il allait m'embêter longtemps celui-là? J'appelai l'hôpital de Bordeaux. On m'y apprit que l'inspecteur Laframboise avait quitté définitivement sa chambre pour partir en convalescence. Je téléphonai à la police. On me confirma que Jérémie se reposait chez lui. Je finis par le toucher à son domicile.

— Allô! Jérémie?

— Ah! C'est vous, Tony... Comment ça va?

— Et comment voulez-vous que ça aille, tonnerre de Dieu! quand un abruti de pasteur manqué m'adresse des citations de l'Ancien Testament?

— Du Nouveau, Tony, du Nouveau...

— Et alors? Qu'est-ce que vous voulez que j'en fiche?

— Que vous méditiez sur ce sage conseil.

— Je n'ai plus le temps de méditer comme vous dites!

— Dommage...

— Peut-être, mais je vous serais bien obligé de me foutre la paix, Jérémie! L'affaire Gajan ne m'intéresse plus!

— Vraiment?
— Vraiment!
— Même si vous appreniez que ce n'est pas Marc Gajan qui a passé la frontière à Sare?
— Vous êtes fou?
— Sans vouloir vous fâcher, je pense que c'est plutôt vous qui l'êtes et que l'amour vous fait perdre la jugeotte!
— Je ne vous permets pas de...
— Du calme, Tony, du calme! Colère n'est pas raison. Je vous répète que ce n'est pas Gajan qui a filé en Espagne.
— Qui, alors?
— Sans doute le meurtrier de Triviers et de Suzanne Crastes.

Il y eut un court instant de silence, puis Laframboise dit doucement :
— Je pense que vous seriez bien inspiré de revenir, Tony.

Il raccrocha sans attendre ma réponse, ce qui me mit hors de moi. Je jurai à tous les diables qu'il ne fallait tout de même pas que ce bougre d'emmerdeur de Jérémie crût m'imposer sa volonté! Nous étions à trois jours de Noël. Après tout, je ne risquais rien d'avancer mon départ de vingt-quatre ou quarante-huit heures. Je téléphonai au Patron, en lui annonçant que je repartais tout de suite pour Bordeaux et que je l'appellerais de là-bas, si j'avais du nouveau à lui apprendre, mais que, de toute façon, je serais dans son bureau le 27 au matin pour faire le point.
— Tony, c'est l'amour ou... l'amour-propre qui vous ramène là-bas?
— Peut-être les deux.
— Je préfère.

J'éprouvai un étrange sentiment, tout ensemble douceur et gêne, en débarquant à la gare Saint-Jean. Songer qu'Évelyne dormait dans cette ville silencieuse encore pour quelques heures, me donnait une impression de fraude. Il me semblait que je la trompais. A cause de sa présence, tout me devenait familier. Revenant à Bordeaux, j'avais l'air de rentrer chez moi, après une bringue carabinée, sur la pointe des pieds, afin de ne pas éveiller ma femme. En dépit de la froideur de cette nuit de décembre, je me sentais plein d'une chaleur réconfortante et le temps me durait de me retrouver auprès d'Évelyne pour solliciter je ne sais quel imaginaire pardon. Les voyageurs descendus en même temps que moi du train, se hâtaient vers les taxis ou partaient entourés de parents, d'amis. Bientôt, je fus seul. Je faillis gagner un des hôtels proches de la gare, mais un taxi passant, à faible allure, me poussa à rendre immédiatement visite à Laframboise. Après tout, c'était à cause de lui que je me trouvais dehors à cette heure; il n'y avait donc aucune raison pour qu'il n'en supportât point les conséquences!

Je m'apprêtais à sonner longtemps pour l'arracher à son sommeil d'abord, à le tirer du lit ensuite, mais à mon grand étonnement, à peine avais-je appuyé sur le bouton de sonnette, que Jérémie m'ouvrait la porte, souriant, complètement habillé.

— Bonsoir, Tony.

— Vous n'étiez donc pas couché?

— Je vous attendais.

— Comment saviez-vous?...

— Parce que vous êtes, tout de même, un excellent agent.

J'entrai, maugréant et quelque peu confus.

— Tony, j'ai préparé un punch... A Bordeaux nous avons du rhum de première qualité.

Il m'attendrissait, ce bon Laframboise mais je ne tenais pas à abandonner ma hargne tout de suite. En tout cas, pour son rhum au moins, Jérémie avait raison : il était excellent.

— Et maintenant, expliquez-moi votre dernière trouvaille?

— Elle est simple. Je suis allé à Sare. J'ai rencontré Ispour. J'ai vu Vincent Izotches.

— Et alors?

— Alors, je lui ai montré la photo de Marc Gajan. Il ne l'a pas reconnu.

J'étouffai un juron entre mes dents. Je m'étais vraiment conduit comme un sot! Laframboise ajouta sans la moindre ironie :

— Vous vouliez tellement que ce soit Marc Gajan qu'Izotches ait fait passer de l'autre côté, que sa description devait fatalement coïncider avec celle que vous aviez dans l'esprit.

— Et pourquoi, selon vous, avais-je tellement envie qu'il s'agît de Gajan?

— Mais parce que sa fuite libérait sa femme, voyons.

— Jérémie, vous m'embêtez!

— J'en suis navré.

— Des clous! Vous jubilez de posséder un agent des Services Spéciaux, vous le gars de la Sûreté!

Son ton devint plus grave.

— Si une seconde, je vous croyais sincère dans votre accusation, Tony, je vous prierai de sortir et je laisserai tomber mes recherches. Si je les poursuis c'est que j'éprouve pour vous une grande amitié et que je redoute les heures à venir... en ce qui vous concerne.

— J'ai dit à Évelyne Gajan que je l'aimais.
— Ah?
— Elle aussi m'aime.
— C'est ce que je craignais.
— Et pour que vous soyez au courant tout à fait : je démissionne pour l'épouser et mener une existence tranquille.
Il ne répliqua pas tout de suite, se donnant visiblement le temps de réfléchir.
— C'est la première fois, n'est-ce pas, qu'une pareille aventure vous arrive?
— Oui.
— Je m'en doutais. A votre âge, ça ne pardonne pas.
Je recommençais à m'énerver.
— Allez-y, mon vieux! Révélez-moi qu'Évelyne a tué Triviers, assassiné Suzanne, qu'elle a essayé de m'écraser et qu'elle vous a truffé de plomb?
— Sûrement pas.
— Tout de même!
— Mais elle l'a fait indirectement en mettant au courant celui qui avait intérêt à éliminer ceux que vous venez de citer.
— Marc Gajan?
— Je n'en suis pas certain. Plutôt celui qui est passé en Espagne avec le dossier de Gajan.
— L'amant d'Évelyne?
— Peut-être...
— Jérémie, vous avez de la veine que je me souvienne de vos blessures, sinon je vous casserais la gueule!
Il me contempla avec étonnement.
— C'est curieux : l'idée qu'Évelyne puisse être une criminelle ne vous émeut pas outre mesure mais l'hypo-

thèse d'un autre homme dans sa vie vous bouleverse? C'est pourtant moins grave, non?

— Sur le plan des autres, oui, sur le mien, non, car cela prouverait qu'elle m'a menti!

— Ou qu'elle n'a pas osé vous avouer la vérité.

Je me rendais parfaitement compte que j'étais ridicule.

— Bon. Finissons-en. Videz votre sac!

— Maintenant que nous savons que ce n'est pas Gajan qui est allé en Espagne, il faut admettre que c'est son complice — il avait sa voiture — ou son meurtrier.

— Son meurtrier?

— L'idée ne vous a pas effleuré que Marc Gajan pouvait être une victime? Qu'il n'ait jamais eu l'intention de trahir et qu'on l'ait abattu pour le voler?

— Avec la complicité de sa femme? C'est ignoble!

Laframboise soupira :

— Vous ramenez tout à elle! J'ignore si elle est ou non dans le coup pour ce meurtre supposé. Tout a très bien pu se tramer en dehors d'elle. Imaginez que Gajan soit assassiné au moment où il s'apprête à rentrer sa voiture au garage et qu'on emporte son corps quelque part? Évelyne est fondée à croire à un abandon, surtout si le meurtrier est de ses amis, disons de ses familiers sans être son amant. Le bonhomme en agissant de la sorte, s'empare de la fortune que représente l'invention de Gajan et libère Évelyne qui finira peut-être dans son désarroi de femme seule, par lui céder?

— C'est pour me calmer que vous me racontez ça, Jérémie, ou parce que vous le pensez?

— Parce que je le pense.

— Jérémie, j'ai envie de vous embrasser!

Il sourit.

— Vous changez vite de sentiment, il me semble?

Convaincu qu'Évelyne n'était pour rien dans cette sale histoire, je reprenais confiance dans l'avenir.

— A votre avis, Jérémie, à qui ressemblait l'homme qu'Izotches vous a décrit?

Il hésita.

— J'ai peur de m'avancer mais... ce pourrait être Sougeal.

Brusquement, je me sentis délivré.

— Si Sougeal a tué Gajan pour le voler, pourquoi n'a-t-on pas retrouvé le corps?

— Là-dessus, j'ai ma petite opinion. Je vous en parlerai demain matin. En attendant, si vous le voulez bien, vous coucherez ici. Il est préférable que nul ne vous sache de retour.

Je voulus protester que je n'étais pas fatigué mais Laframboise leva un doigt solennel et lança :

La bouche du juste annonce la sagesse

Et sa langue proclame la justice.

— Vous n'allez tout de même pas contredire le Psalmiste, Tony?

En me réveillant, je vis entrer Laframboise dans ma chambre. Il portait un plateau abondamment garni et susceptible de réparer les forces du plus affamé. Je protestai :

— Il ne faudrait pas me traiter comme un jouvenceau anémique, Jérémie!

— Vous avez voyagé une partie de la nuit et nous avons une rude journée devant nous.

— Quelle heure est-il donc?

— Huit heures.

— Vous me remplissez de confusion.

— Noyez-la dans ce café!

Pendant que je déjeunais de fort bel appétit, Laframboise — entendant ne pas perdre de temps — continua la conversation entamée avant qu'il ne m'envoie au lit.

— Pour vous laisser l'esprit libre, Tony, et si vous voulez bien vous imposer cet effort, oubliez complètement Mme Gajan aujourd'hui. Ne nous soucions pas du rôle qu'elle a pu jouer ou n'a pas joué dans l'affaire qui nous occupe. Une chose est certaine : ce n'est pas elle qui est passée en Espagne. Occupons-nous donc exclusivement de mettre la main sur ce voyageur qui a emprunté la voiture de Gajan pour l'abandonner aux environs de Sare, et en même temps, essayons de retrouver le corps de Marc Gajan.

D'émotion, je faillis renverser ma tasse.

— Le corps?

— Il y avait des taches sur les coussins de la voiture. On vient de me téléphoner les résultats de l'analyse : c'est du sang. Pour moi, il ne fait plus de doute que nous devons réhabiliter la mémoire de l'ingénieur, qui a été assassiné.

— Assassiné? Mais dans ce cas, Évelyne...

— Silence! Rappelez-vous notre engagement, Tony : nous ne parlons pas de Mme Gajan. Elle ignore peut-être tout, elle est peut-être au courant de tout. Nous y réfléchirons plus tard. Pour moi, je m'en tiens de plus en plus, à mon hypothèse : Gajan a été tué par quelqu'un qui le guettait à l'intérieur de son garage, qui a mis le cadavre dans la voiture et l'a emporté.

— Où?

— J'espère bien que nous le saurons d'ici ce soir. Vous avez terminé?

Je repoussai le plateau.

— Je suis gavé!

— Je vous accorde un quart d'heure pour votre toilette et après nous filons.

— Dans quelle direction?

— Le Cap Ferret...

— La maison de week-end de Sougeal?

Jérémie ironisa :

— Je constate, avec plaisir, que la machine à réfléchir fonctionne bien. A tout de suite.

A huit heures et demi, nous démarrions par un temps beau et froid. Nous étions à l'avant-veille de Noël et pendant que nous roulions à travers Bordeaux, le cœur serré, je me demandais si je pourrais ou non réveillonner avec Evelyne, selon qu'elle serait libre ou en prison. L'image de celle que j'aimais, menottes au poignet, me serrait la gorge. Tout en moi se hérissait à cette idée. Ce n'était pas possible! Il ne fallait pas que ce fût possible!

A Facture, nous tournâmes à droite pour gagner Andernos-les-Bains, puis Arès, et, à moins de trois kilomètres de cette dernière agglomération, nous prîmes à gauche pour nous enfoncer dans l'extraordinaire silence de la forêt hivernale. Ayant dépassé le Piquey, nous nous écartâmes légèrement du bord de la mer pour atteindre une maisonnette accroupie sous les pins. Jérémie annonça :

— Nous y voilà.

L'intérieur de la petite villa ne nous apprit rien. Deux chambres, dont l'une minuscule, une cuisine où je pouvais tout juste me retourner et une salle de séjour exiguë mais prolongée par une sorte de véranda qu'un auvent abritait du soleil. Tout cela d'une banalité parfaite. Nous ressortîmes. Laframboise déclara :

— Si le corps de Marc Gajan est enterré par là, il faut nous éloigner de la mer où le meurtrier risquait trop d'être vu dans sa macabre besogne. Passons donc derrière la maison.

Quand nous fûmes à l'endroit indiqué, mon compagnon exposa ses raisons d'espérer.

— Il est à penser que nul n'est venu ici depuis le crime. Évelyne Gajan n'avait aucune raison de vivre ici des heures solitaires. Innocente ou coupable, rien ne pouvait l'attirer dans ce coin. Le regret ou le remords l'en écartait obligatoirement. Si Fred Sougeal est le meurtrier, je le vois mal revenant errer sur les lieux de son crime. En bref, Tony, je veux croire que nous devons trouver des traces, d'abord parce que l'humidité de l'air a ramolli la surface du sol, ensuite parce qu'un homme portant un cadavre sur son dos pèse lourd et enfonce plus profondément son pied dans la terre. D'accord?

— D'accord... Vous avez dû être un fameux boy-scout, Jérémie?

— J'en suis toujours un, Tony, et maintenant, au travail!

Je m'avouais assez peu doué pour jouer les Indiens mais, c'était merveille de regarder Jérémie marchant à demi courbé, semblant renifler les odeurs au ras du sol, se relevant brusquement pour examiner une branchette brisée, s'accroupissant pour prendre un peu de terre entre ses doigts. Ses blessures à peine cicatrisées ne paraissaient le gêner en rien, tout au plus, boitait-il quelque peu. Pour moi, j'agissais de mon mieux, mais cette forêt m'apparaissait semblable à elle-même en tous ses points. A midi, nous étions harassés — moi, du moins — et n'avions rien découvert du tout. Au vrai, la zone battue ne se révélait pas bien grande. Je calculai qu'à ce rythme, il nous faudrait plus d'un mois pour fouiller un hectare! Je ne me sentais pas doué pour imiter les trappeurs. Je m'en ouvris à Laframboise qui se contenta, une fois de plus, de citer les Écritures :

— « En vérité, je vous le dis, si vous avez de la foi comme un grain de senevé, vous direz à cette montagne : passe d'ici là, et elle y passera, et rien ne vous sera impossible. »

Puis il reprit d'une voix naturelle :

— Ce Sougeal est plus costaud que je ne l'imaginais. Il a dû porter le corps plus loin et je ne veux pas croire qu'un agent des Services Spéciaux soit accessible à la fatigue. On va casser la croûte et on se remettra à la tâche.

D'un panier qu'il s'en fut prendre dans le coffre de sa voiture, Jérémie sortit de quoi apaiser notre faim et étancher notre soif. Si nous n'avions pas été en hiver, ce repas eût été agréable mais dans la maison où nous avions réussi à allumer un maigre feu, nous grelottions.

Juste avant la tombée de la nuit, j'entendis Jérémie pousser un cri sur ma droite. Nous nous trouvions à plus de cinq cents mètres au nord de la bicoque de Sougeal. Je rejoignis mon trappeur qui me montra la marque d'un talon profondément enfoncé dans le sol. Dès lors, ce fut un jeu d'enfant pour Laframboise que de suivre cette piste, qui nous conduisit, au bout d'une centaine de mètres encore, à un tas de branches. Je m'activai pour les ôter. Lorsque la place fut débarrassée, il n'était pas nécessaire d'être un fin limier pour comprendre que Marc Gajan gisait là-dessous.

Jérémie décida :

— Tony, à cause de ma jambe et de mon bras, je vais être contraint de vous laisser travailler. Pour commencer, courez chercher des pelles à la voiture. J'ai apporté tout ce qu'il fallait en vue de cette besogne. Il est nécessaire que nous ayons une certitude avant de regagner Bordeaux.

Moins d'un quart d'heure après, je fus de nouveau près de lui. Avec une pelle-bêche démontable et une grosse lampe que Jérémie alluma pour éclairer mon ouvrage, je me mis au boulot. L'excitation de la découverte multipliait mes forces. En moins d'une demi-heure, j'amenai au jour — ou plus exactement au crépuscule — la dépouille de Marc Gajan. Le froid l'avait conservé et l'odeur n'était pas trop pénible. Sans témoigner de la moindre répugnance, Jérémie s'agenouilla pour ôter, avec un plumeau, la terre qui souillait le visage du mort :

— Tout est vanité. Quel avantage revient-il à l'homme de toute la peine qu'il se donne sous le soleil?

Avec délicatesse, Laframboise retournant la tête du mort, me demanda de rapprocher la lampe et ainsi, nous vîmes la nuque écrasée.

— Vous aviez raison, Jérémie.

— On l'a frappé par-derrière, ou quelqu'un qu'il connaissait bien et dont il n'avait aucune raison de se méfier, ou quelqu'un qu'il n'a pas vu s'approcher. La même histoire que pour Suzanne. Je m'en tiens à mon hypothèse du garage.

Cette hypothèse me convenait car elle innocentait Évelyne, du moins quant à la matérialité du crime. Par acquit de conscience, nous fouillâmes les poches du mort sans y rien trouver. J'expliquai à mon collègue que venger Marc Gajan ne me concernait pas. Ma mission consistait à retrouver le dossier perdu. Les cadavres, je les abandonnais à d'autres.

— D'accord, Tony, mais rayer ce pauvre Gajan de la

liste de vos suspects vous avance, en circonscrivant vos recherches. Si Sougeal est le meurtrier, comme tout le laisse supposer, il faudra bien qu'il nous dise ce qu'il a fait du document qui nous intéresse.

— Vous allez avertir vos services de notre découverte?

— Pas tout de suite... Le pauvre bougre peut bien rester encore un jour ou deux dans sa solitude. Le meurtrier ne doit pas savoir que nous avons trouvé sa victime.

CHAPITRE V

Nous avions été remués plus que nous ne voulions le laisser paraître par notre affreuse besogne, Laframboise et moi. C'est la raison pour laquelle nous n'eûmes guère envie de bavarder sur le chemin du retour. Un peu avant Bordeaux, Jérémie me déclara :

— Vous avez droit à une récompense, Tony. Après un brin de toilette, si le cœur vous en dit, vous pourriez aller saluer votre belle et lui annoncer la mort de son mari?

— C'est ce que vous appelez une récompense?

— Quel que soit le sujet de la conversation, ce qui compte pour vous, c'est d'être près d'elle, n'est-ce pas?

— Je croyais que vous ne vouliez pas qu'on apprenne notre découverte.

— J'ai réfléchi. Si Mme Gajan est dans le coup, elle alertera Sougeal qui s'empressera de se rendre là-bas pour escamoter le corps une nouvelle fois. J'aurai des hommes qui le pinceront en plein travail. Si Fred Sougeal ne bouge pas, c'est que votre Évelyne est innocente.

— C'est joliment moche ce que vous me proposez, Jérémie.

— Un test, mon vieux et obligatoire pour vous comme pour moi. Vous avez peur?

— Oui.

— Pourtant, il est préférable que vous sachiez avant plutôt qu'après, hein?

— Vous avez sans doute raison.

— Bon. Arguez d'une tâche urgente et venez me rejoindre chez moi vers dix heures. J'aurai appelé Salvagnac et ensemble nous étudierons la manière dont il convient de mener ce qui sera, j'en suis sûr, la dernière bataille. Ah! Un mot encore : laissez entendre que je me propose d'enlever la dépouille de Marc Gajan, demain à l'aube. Ainsi, Sougeal passera une bonne nuit!

Je ne me reconnaissais plus. Jusqu'ici, je ne passais pas pour un « dur » mais cependant pour un garçon à qui il n'était pas conseillé de marcher sur les pieds sans s'excuser, en somme un agent aimant son métier et ne se laissant pas rebuter par grand-chose. Et voilà qu'en cette soirée précédant celle du réveillon, je me sentais mou comme une chiffe. A quelqu'un qui m'eût interrogé, j'aurais répondu que j'avais oublié Triviers, sa femme, son gosse et Suzanne Crastes, que je me fichais du dossier de Marc Gajan comme de mon premier bâton de sucre d'orge et que rien d'autre ne comptait plus pour moi que la tendresse d'Évelyne, la perspective de bâtir ma vie aux côtés d'Évelyne. Et c'est à cette femme à laquelle je tenais du meilleur de moi-même, qu'il me fallait tendre un piège où elle risquait de se perdre, et moi avec elle! Je ne m'épouvantais pas à l'idée qu'elle pût être pour quelque chose dans l'assassinat de son mari mais bien à ce qui lui arriverait si sa culpabilité — par mon intermédiaire — était prouvée.

Je téléphonai à Évelyne de l'appartement de Jérémie. Elle me parut marquer une joie sincère de m'entendre. Elle avait craint que le réveillon du lendemain qu'elle était déjà en train de préparer ne fût contremandé. Je la rassurai d'un ton pas tellement ferme et, invoquant des rendez-vous ultérieurs, je lui demandai de me recevoir aussitôt. Je la devinai intriguée, mais elle ne souleva aucune objection et m'affirma que je pouvais arriver quand il me plairait.

Au moment où je quittai ma chambre pour rejoindre Cauderan, Jérémie m'étreignit l'épaule de son bras valide :

— Courage, Tony, et souvenez-vous de la parole : « Mon père, si ce calice ne peut passer sans que je le boive, que votre volonté soit faite! »

— Ça va, Jérémie, ça va... Je peux prendre votre voiture?

— Bien sûr... Salvagnac et moi vous attendrons vers dix heures; ensuite, nous irons nous offrir un verre à l'*Anneau de Saturne*.

***

Le sourire d'Évelyne me fit mal. Tout de suite, elle se rendit compte que quelque chose n'allait pas.

— Une mauvaise nouvelle, Tony?

— Une bonne et une mauvaise.

— Alors, la bonne d'abord, s'il vous plaît?

— Nous avons injustement soupçonné Marc Gajan. Il ne vous a pas abandonnée, il n'a pas trahi son pays.

Heureuse, elle cria presque :

— C'est vrai?

Je hochai la tête en guise d'approbation. De joie, sans

trop réfléchir, j'imagine, à son geste, elle me sauta au cou et m'embrassa sur les deux joues. A un autre moment, je l'aurais retenue contre moi, mais je ne bougeai pas. Elle comprit et se recula brusquement :

— La mauvaise maintenant, Tony?

— C'est... C'est la manière dont nous avons acquis la certitude de l'innocence de votre mari.

— Alors?... Comment avez-vous appris?...

— En découvrant son corps.

Elle recula comme si je l'avais frappée et balbutia :

— Son... Son...

— Marc Gajan a été assassiné.

— Assa...

— De même que Bertrand Triviers, mon collègue, de même que Suzanne Crastes.

Elle se mit à pleurer sans bruit et ce chagrin muet me bouleversa. Je m'approchai d'elle et cette fois, je la serrai contre moi tout en demandant doucement :

— Vous ne vous en doutiez pas un peu?

— Je... Je refusais d'y penser... Pauvre Marc... Avoir tant travaillé, tant espéré... Où est-il, Tony?

— Là où nous l'avons découvert, dans la forêt où vous passez des week-ends.

— Chez Fred?

— Chez Fred, oui.

— Mais... Mais pourquoi a-t-il fait ça?

— Nous comptons bien le lui demander, enfin Laframboise plutôt, car moi, ce qui m'intéresse, c'est le dossier de l'invention de votre mari.

Elle chuchota plus qu'elle ne dit :

— Il... n'était pas... sur lui?

— Non.

— Alors, c'est pour le voler qu'on l'a tué?

— Ça m'en a tout l'air.

— Comment Fred a-t-il pu... Il est fou! Ce n'est pas possible autrement! Il est sûrement fou!

— Les psychiatres nous l'apprendront, mais, entre nous, j'en doute. C'est tout simplement une canaille.

Nous n'avions plus grand-chose à nous raconter. Elle servit du whisky. Nous en éprouvions le besoin, l'un et l'autre.

— Tony... Vous l'avez ramené?

Un étau me comprima la poitrine. Elle venait de déclencher le mécanisme du piège qui m'apprendrait tout sur elle, un tout dont je risquais de crever.

— Non... Nous l'avons laissé là-bas. Laframboise ira le chercher demain avec son équipe, au petit jour.

Elle murmura d'une voix triste :

— Pauvre Marc... Encore toute une nuit dans la terre, sans rien pour le protéger.

Elle leva les yeux vers moi.

— Tony, de quelle façon l'a-t-on?...

— De la même manière que Suzanne Crastes. On lui a fendu le crâne, par-derrière.

— Mon Dieu, mon Dieu...

Ses sanglots me déchiraient et tout ensemble éveillaient en moi une jalousie qui me rendait hargneux. Si vraiment elle n'aimait pas son mari, pourquoi ces larmes? Ou bien jouait-elle la comédie? Laframboise, Salvagnac qui la soupçonnaient depuis le début, avaient-ils raison? Elle dut deviner ce que j'éprouvais car elle m'avoua :

— Tony... Ce n'est pas l'homme que j'aimais que je pleure mais le compagnon des années écoulées... Marc ne méritait pas de finir ainsi...

Nous bavardâmes encore longuement, puis vint le moment où il me fallut prendre congé.

— Vous êtes vraiment obligé de quitter, Tony?

— Obligé.

— J'ai peur de rester seule... Vous viendrez quand-même demain soir, n'est-ce pas?

— Je vous le promets.

— Ce ne sera pas un joyeux Noël...

— Du moment que je serai à côté de vous, je n'en demande pas plus.

— Merci, Tony... Merci du fond du cœur.

Ce fut Laframboise qui parla le premier.

— Ça n'a pas été trop dur, Tony?

Je haussai les épaules sans répondre. Salvagnac se leva et me frappa amicalement dans le dos :

— L'inspecteur m'a mis au courant... C'est moche, à tous les points de vue. Rappelez-vous, cependant, que je vous avais mis en garde?

— Je sais, je sais! Tout le monde m'a mis en garde! Tout le monde m'a dit du mal d'elle! Et tout le monde a peut-être raison et ça change quoi?

Jérémie reconnut :

— Rien... A présent, allons boire un verre à l'*Anneau de Saturne*.

J'en avais autant envie que de me pendre.

La fille du vestiaire estima sans doute que nous n'avions pas des visages de gens venus pour s'amuser, car elle ne nous fit point de grâces et ne chercha pas à nous retenir plus qu'il n'était nécessaire. Le maître d'hôtel, en nous accueillant dut avoir la même impression que la petite préposée à la garde des manteaux et des chapeaux. Il nous conduisit vers une des plus mauvaises tables et nous y laissa sans même prendre notre commande. Laframboise suggéra :

— Serions-nous mal vus dans cette maison?

Salvagnac sourit.

— Je le crains.

— Eh bien! nous tâcherons de nous faire une raison!

Un garçon daigna s'enquérir de ce que nous espérions boire et consentit à nous servir les whiskies demandés. Laframboise qui nous régalait, sursauta quelque peu devant la somme réclamée et ne put se tenir d'y aller d'une citation biblique :

— « Malheur à qui amasse pour sa maison des gains iniques, afin de placer son nid bien haut, pour échapper à l'atteinte du malheur! » Ainsi parlait le prophète Habacuc...

— Il est de vos relations?

La question ironique de Salvagnac nous rendit un peu notre bonne humeur. Puis, Linda Deal, montant sur la petite scène, retint notre attention. En écoutant la chanteuse, je repensais à notre brève rencontre devant la porte et l'angoisse qui l'habitait. Il fallait que je lui dise deux mots à celle-là!

Lorsque Linda quitta la scène, je me levai et filai jusqu'à sa loge. Elle venait d'y entrer quand je frappai à sa porte. A mon apparition, je vis dans la glace de sa coiffeuse, son visage se décomposer. Elle se retourna :

— Qu'est-ce que vous me voulez? Je vous ai aperçus tous les trois dans la salle! Qu'est-ce que vous manigancez encore contre Fred?

— Nous cherchons la vérité sur la disparition de Marc Gajan.

— Vous n'en prenez pas le chemin!

— Pas certain, ma belle, car sur notre chemin, figurez-vous que nous avons rencontré Marc Gajan.

— Non?

— Si...

— Où est-il?

— Il dort dans un trou creusé dans la forêt par son meurtrier.

— Son meurtrier?

— Je dois souligner, toutefois, qu'avant de le coucher dans ce trou, on lui a fracassé le crâne.

Elle se tassa sur sa chaise.

— Ce n'est pas Fred!

— Qu'en savez-vous?

— Je le sais!

— Un peu mince comme preuve, non?

Elle se jeta presque sur moi.

— Mais enfin, pourquoi vous acharnez-vous contre lui?

— Parce que c'est chez lui qu'on a retrouvé le corps de Gajan, dans sa propriété du Cap Ferret.

Linda hésita un instant, très vite :

— Je vous supplie de me croire : vous vous trompez!

— Démontrez-le-moi?

— Pas ici... Demain, chez moi, à onze heures... Rue Moncelet au 137, troisième étage.

— J'y serai.

— Brusquement, je vis ses yeux s'agrandir, je me retournai : Sougeal se tenait sur le seuil. Avait-il entendu? j'en étais persuadé.

— Alors, monsieur Lissey, on s'intéresse aussi à ma vedette?

La chanteuse protesta :

— Fred, tu te trompes!

— Tais-toi! Tu serais mieux inspirée de t'appliquer à chanter un peu mieux que de flirter avec des flics!

Je me mêlai à la conversation :

— Le flic pourrait vous apprendre la manière de parler aux dames, Sougeal.

Il avança un pas.

— Vous, le jour où je vous casserai la gueule, ce ne sera pas du chiqué!

— Alors, dépêchez-vous car je crains que vous n'en ayez bientôt plus le loisir!

Je crus qu'il allait me sauter dessus.

— Écoutez-moi bien. Lissey : que vous fassiez ou non du gringue à Linda, je m'en fous, mais je ne supporterai pas que vous me colliez aux fesses du matin au soir, pour m'embêter!

— Pas pour vous embêter, Sougeal.

— Pourquoi alors?

— Pour vous inciter à avouer.

Je sortis de la loge avant qu'il n'ait eut le temps de me répondre.

En rejoignant mes compagnons, leurs visages intrigués m'apprirent qu'ils avaient dû se poser bien des questions quant à ma soudaine démarche. Je la leur expliquai et leur confiai ce que j'en attendais. Je m'affirmais certain — par suite de l'amour qu'elle portait à Sougeal — que Linda me confierait tout ce qu'elle me paraissait persuadée de pouvoir innocenter son bien-aimé par ses confidences. Une seule chose m'ennuyait : Fred avait-il entendu la fin de ma conversation avec Linda? Était-il là au moment où elle me fixait rendez-vous? Je ne voyais aucun moyen de m'en assurer. Salvagnac prétendit qu'il existait une manière bien simple d'en avoir le cœur net. Puisque mon rendez-vous était pour onze heures. Laframboise et lui pouvaient se planquer dans la rue Moncelet vers dix heures et surveiller les gens qui entreraient au 137. Si Fred Sougeal était au courant de ce rendez-vous, il s'y rendrait un peu avant afin que je l'y trouve en compagnie de Linda. Devant lui, elle n'oserait rien me confier et, vraisemblablement, ne me dirait plus jamais rien.

Laframboise objecta :

— Qu'est-ce qui empêche Sougeal de se rendre chez Linda plus tôt et même de lui donner ses ordres dès ce soir?

— Bien sûr, il nous faut jouer sur la psychologie du personnage. Il n'a plus confiance en Linda et n'ayant plus confiance en elle, il tiendra sûrement à ce qu'elle reçoive Lissey en sa présence. Peut-être aussi pour remporter une victoire sur vous, Tony, car d'après ce que vous nous avez dit de vos heurts, Fred est un vaniteux qui cherche une revanche d'amour-propre.

Nous décidâmes de tenter le coup. Salvagnac devait passer nous prendre chez Laframboise à neuf heures et nous gagnerions ensemble la rue Moncelet.

Cette nuit-là, je dormis mal. Les heures me semblaient couler avec une lenteur exaspérante. Le temps me durait de savoir si oui ou non Évelyne était complice dans le meurtre de son mari, si elle avait ou non prévenu Sougeal après mon départ. A six heures, j'entendis Laframboise sortir sur la pointe des pieds. L'inspecteur partait pour le Cap Ferret déterrer le coprs de Marc Gajan... s'il s'y trouvait encore. C'est alors que je sombrai dans une torpeur qui me fit perdre la notion du temps. Je ne repris conscience qu'au moment où Jérémie pénétra dans ma chambre, ouvrit les volets et me lança d'une voix joyeuse :

— Debout, paresseux! Salvagnac sera là dans un quart d'heure.

Son ton allègre accéléra mon rythme cardiaque. Je me redressai :

— Alors?

— Alors vous irez réveillonner avec votre jolie veuve, Tony. Le corps de Marc Gajan est à la morgue. Personne n'y avait touché. Ma théorie du meurtre dans le garage se confirme. J'en suis heureux pour vous.

Je ne parvenais pas à trouver quelque chose à dire, tant je me sentais soulagé. S'il n'y avait pas eu ce rendez-vous de la rue Moncelet et notre piège, j'eusse aimé me renfoncer sous mes draps et rêver toute la matinée à mon avenir qu'Évelyne occuperait.

Nous arrivâmes rue Moncelet vers dix heures comme prévu. Nous choisîmes nos planques. Jérémie s'installa dans une petite boutique qui, providentiellement, se trouvait juste en face du 137. Salvagnac choisit de se dissimuler dans l'entrée du 139 et moi, dans celle du 135. A la concierge venue se rendre compte de ce que je fabriquais, je collai ma carte sous le nez. Elle n'insista pas et l'attente commença.

Soudain, à onze heures moins le quart, je distinguai la silhouette de Sougeal. Le fait qu'il arrivait à pied, indiquait assez qu'il ne tenait pas à ce qu'on puisse, le cas échéant, repérer sa voiture. Comme convenu, je lançai une boule de papier sur le trottoir où s'ouvrait le porche me servant d'abri. Je savais que Laframboise à ce moment, entrouvrait la porte de la boutique où il guettait, et que Salvagnac était prêt à intervenir.

En dépit de mon hostilité latente, je ne pus me

convaincre que l'allure de Sougeal trahissait l'inquiétude. Il entra au 137 sans jeter un coup d'œil derrière lui. Ainsi que nous en avions décidé, aucun de nous trois ne bougea. A onze heures juste, je devais me rendre au rendez-vous de Linda, Salvagnac et Jérémie me suivraient et, derrière la porte de la chanteuse, guetteraient mon signal pour se présenter à l'artiste et poser quelques questions embarrassantes à son ami Sougeal. Mais, brusquement, tout changea. A onze heures moins cinq, Sougeal jaillit littéralement dans la rue, marqua un temps d'arrêt, hésita puis, se maîtrisant, partit à grands pas dans la direction d'où il était venu. Il parvenait à ma hauteur lorsque je sortis et lui barrai la route. Il me regarda, effaré, puis exécuta un bond en arrière et se heurta à Jérémie tandis qu'un peu plus loin, Salvagnac lui interdisait tout espoir de fuite. Alors, il craqua et ne put que balbutier :

— Ce... Ce n'est pas moi... Je... Je le jure!

Salvagnac, Laframboise et moi après un bref coup d'œil, empoignant Fred par les bras, nous grimpâmes chez Linda Deal. Sur le palier, tout en sonnant, Laframboise nous recommandait de ne pas toucher au bouton de la porte. L'hébétude de Sougeal nous donnait à craindre le pire. Comme on ne répondait pas, Jérémie sortit un rossignol de sa poche et ouvrit. Il demanda à Salvagnac de rester avec Fred sur le palier et d'un signe m'ordonna de le suivre.

Linda allongée dans l'entrée, sur le ventre, était morte de la même façon que Suzanne Crastes et Marc Gajan. D'ailleurs l'arme du crime gisait près du cadavre. Un cache-pot de bronze. Pauvre Linda. Je levai les yeux vers l'inspecteur.

— Je crois que cette fois, il y est, Jérémie.

— Je le crois aussi, Tony. « Je mettrai les hommes dans la détresse, et ils marcheront comme des aveugles parce qu'ils ont pêché... » prophétisait Sophonie. Les prophéties se réalisent toujours, Tony, et Sougeal l'apprendra à ses dépens.

Dans l'appartement, aucune trace de désordre. Tout prouvait que Linda, elle aussi, avait été tuée par quelqu'un dont elle ne se méfiait pas et à qui elle tournait le dos pour le précéder vers la salle de séjour. Toutefois, un détail attira mon attention : sur le piano, un cadre pour photo était vide. Jérémie qui prit l'objet, l'examina et conclut :

— On a été vite pour retirer la photographie, vite et brutalement. On a cassé la fermeture et les éraflures sur le carton sont fraîches. Je pense qu'il est nécessaire de poser quelques questions à Sougeal.

En passant devant le corps de Linda, Fred ne put réprimer un sanglot. Jérémie lui permit de s'asseoir et parce que c'était son métier, il procéda à l'interrogatoire.

— Moche, hein?

— Ce n'est pas moi, je le jure!

— Vous saviez que Linda avait donné rendez-vous à Lissey?

— Non.

— Tiens, tiens... Alors vous êtes venu par hasard?

— C'est Linda qui m'a appelé.

— Vraiment?

— Vers neuf heures... Elle m'a dit qu'elle avait quelque chose de grave à m'apprendre... Qu'elle serait heureuse de se confier à moi, qu'elle m'attendrait un peu avant onze heures... C'est pourquoi je suis là.

— Et puis?

— La porte palière n'était pas fermée. Je suis entré et j'ai failli m'étaler de tout mon long sur le corps de Linda. D'abord, j'ai cru à un malaise, je me suis penché pour la relever, ce qui explique ces taches de sang sur moi.

— Et ensuite?

— Je me sentais paralysé, incapable d'esquissé le moindre mouvement... Quand j'ai repris mon sang-froid, je n'ai plus pensé qu'à fuir.

— Pour quelles raisons?

— La peur...

Il me montra du doigt.

— Celui-là s'acharne après moi... Je me suis dit que ce serait pour lui une belle occasion de m'accuser de meurtre! J'ai perdu la tête et je me suis sauvé!

— Vous n'avez pas une idée de ce que vous voulait Linda Deal?

— Non... et même, en y réfléchissant, je me demande si c'est bien elle qui m'a téléphoné...

— Vous ne connaissez pas sa voix?

— Si, bien sûr, mais son coup de téléphone m'a arraché au sommeil et je n'ai pas prêté tellement attention du moment qu'elle s'annonçait... Maintenant, il me semble me rappeler... Enfin, j'ai le sentiment... Presque le timbre de sa voix et pourtant pas tout à fait.

— Sougeal... Linda était votre maîtresse?

— Jamais de la vie!

— Videz vos poches!

— Mais...

— Videz vos poches!

Il s'exécuta d'une main tremblante et posa devant nous les morceaux d'une photographie déchirée. La sienne.

— Vous avez quand même pris le temps de l'enlever de ce cadre?

— Oui.

— Linda n'était pas votre maîtresse mais elle mettait votre photo sur son piano.

— Je ne comprends pas! Je ne suis jamais venu ici!

— Pourquoi avez-vous voulu faire disparaître cette photo?

— Pour éviter précisément ce qui se passe en ce moment.

J'intervins.

— Sougeal, vous ne prétendez tout de même pas ignorer l'amour que Linda vous portait?

— Non, mais moi je ne l'aimais pas et vous êtes mieux placé que quiconque, Lissey, pour savoir que ma tendresse a un autre objet!

— Allons, mon vieux, vous ne seriez pas le premier à conduire un attelage double!

Si Salvagnac ne l'avait retenu en plaquant ses mains sur ses épaules, il se serait jeté sur moi. Jérémie, impassible, conclut le débat :

— Fred Sougeal, reconnaissez-vous avoir tué Linda Deal?

— Non!

Sans insister, Laframboise s'empara du téléphone et alerta les services compétents.

***

Nous déjeunâmes tous les trois chez *Lagaillarde*. Contrairement à toute attente, nous n'étions pas tellement satisfaits. Jérémie résuma notre commun malaise :

— Tout semble indiquer que Sougeal meurtrier de

Linda l'est aussi de Marc Gajan et de Suzanne Crastes... Mais si l'on peut mettre au compte d'histoires de cœur, la mort de Gajan qui libérait sa femme et celle de Linda, laquelle amoureuse de Fred, pratiquait peut-être un chantage sentimental, pourquoi Suzanne Crastes et pourquoi Triviers?

Ces questions, nous nous les posions tous les trois. Salvagnac répliqua à Laframboise :

— Il faudrait admettre qu'en se prétendant follement épris d'Évelyne Gajan, Sougeal a menti et qu'en vérité il n'a tué que pour se procurer le dossier qui nous intéresse, Lissey et moi.

— Et il aurait porté le dossier en Espagne?

— Ma foi... Je ne vois pas d'autre explication.

Jérémie, peu convaincu, secoua la tête :

— C'est bizarre... Peut-être, messieurs, est-ce que je nourris une trop haute idée de vous autres, agents des Services Spéciaux et de vos adversaires, mais, franchement, je ne parviens pas à me persuader que Sougeal ait l'étoffe de l'aventurier criminel qu'il devrait être, s'il est bien le responsable de tous ces meurtres... Comment dirais-je? J'estime qu'il n'a pas la classe, quoi!

C'était bien un peu mon sentiment et je ne protestai que pour la forme :

— Vous savez, Jérémie, vous seriez bien inspiré de mettre un frein à votre imagination! Les espions les plus actifs se recrutent parmi les femmes de ménage, les garçons de bureau ou d'hôtel... N'est-ce pas, Salvagnac?

— Sans aucun doute... D'ailleurs, Izotches ne vous a-t-il pas décrit Sougeal dans le gars qu'il a emmené en Espagne par les Grottes de Sare?

— C'est vrai... Bon, eh bien! je vais laisser Sougeal méditer sur son sort jusqu'à demain matin dans la cellule où vous irez l'interroger sur le fameux dossier. Après, que vous arriviez ou non à un résultat, je le reprendrai en main. Vous aurez donc intérêt à agir vite. Sur ce, je vous dis au revoir et vous souhaite à tous deux un joyeux Noël. Tony, je vous donne ma clef, vous serez gentil de la déposer chez le concierge en sortant, moi, je retourne au bureau.

Après avoir reconduit Salvagnac jusqu'à son garage, je rentrai chez Laframboise, pas plus content de moi que des autres. Je ne suis pas un sensible — sinon j'eusse choisi un autre métier — mais ces cadavres inutiles, ces meurtres imbéciles m'exaspéraient. Et puis, surtout, j'éprouvais le sentiment que depuis le début de cette affaire, je me montrais inférieur à ma tâche. Tous ceux qui avaient eu confiance en moi étaient morts : Suzanne, Linda, et si Jérémie avait pu s'en tirer, c'était d'extrême justesse. Mais ce qui m'humiliait le plus, c'est qu'autour de moi, on se rendait compte de mon insuffisance. Laframboise, le premier, et Salvagnac dont le regard apitoyé semblait me signifier que de son temps, les agents spéciaux, ses collègues, se révélaient d'une autre trempe que la mienne, enfin le Patron qui n'avait pas perdu beaucoup de temps à me signifier son diagnostic. Non, en vérité, je n'avais pas à être fier de moi.

Allongé sur mon lit, pour essayer de me reposer de ma trop courte nuit, je ne pouvais m'empêcher de repenser aux derniers événements. Je finis par me persuader que Jérémie avait raison, une fois de plus, et qu'en dépit de mes souhaits particuliers, Fred Sougeal ne ressemblait pas aux gens que je combattais depuis dix ans. Dans cette hypothèse, notre erreur ne tenait-elle pas à ce que nous avions confondu deux histoires en une seule sous prétexte que les protagonistes de l'une se retrouvaient dans l'autre? L'aventure qui nous intéressait, Salvagnac et moi, ne s'inscrivait-elle pas en filigrane sous une banale crise passionnelle?

Sougeal aimait Évelyne guère attachée à un mari qui la sacrifiait à son travail. Fred pouvait avoir tué Marc, simplement pour se débarrasser de lui. Ne pouvait-on admettre que Linda, amoureuse de Sougeal, au courant du crime commis par Fred eût voulu l'arracher à sa tendresse envers la jolie veuve? A moins que, consciente de l'inutilité de ses efforts, elle n'eût résolu de se venger en me révélant qui était le meurtrier de Marc Gajan? Seulement, cela relevait du rayon de Laframboise. De plus, ce schéma ne nous renseignait pas sur le sort du dossier. Il ne nous apportait rien sur la personnalité de celui ou de celle qui avait tué Triviers et Suzanne. Maintenant, j'étais à peu près certain que la mort de Triviers et de Suzanne tenait à l'existence du dossier. Et brusquement, un nom chanta dans ma mémoire : Tournon!

J'avais cru ce petit homme en proie aux affres de la jalousie, alors que peut-être il redoutait d'entendre Suzanne me révéler son rôle dans la mort de Triviers, et il avait tué Triviers parce que mon collègue était arrivé à la certitude de sa culpabilité dans la disparition du dossier. Qui mieux que lui en pouvait comprendre l'intérêt et la valeur marchande? Mais, dans ce cas, pourquoi ne serait-il pas aussi l'auteur du meurtre de Marc Gajan dont il connaissait parfaitement les habitudes? Je me souvenais de son insistance à me persuader que, par décence, il n'entreprenait aucune relation avec le ménage Gajan. Apeuré, Tournon prenait une voix de fausset et Sougeal ne se trompait peut-être pas en estimant que ce n'était pas Linda qui lui avait téléphoné.

Certes, dans tout ce scénario, le hasard se montrait bien complaisant et, la rage au ventre, il me fallait convenir que tout s'enchaînait bien mieux si l'on envisageait l'hypothèse d'une Évelyne n'ayant point rompu ses relations avec Tournon et machinant avec ce dernier la mort de son mari, le vol du dossier et sa vente sur le territoire espagnol. Mais, dans ce cas, qui s'était rendu à Stare? Pourquoi pas un type arrivé de l'autre côté? Ou une comparse servant d'agent de liaison? Une fureur homicide me nouait les muscles en pensant que Tournon eût pu me rouler, Évelyne me mentir. A elle, je me sentais disposé à tout pardonner sauf ses rapports secrets avec Tournon. Et par ce raisonnement même, je prenais conscience que je ne méritais plus mon titre d'agent spécial, que je trahissais ma mission comme j'avais trahi mon ami mort. J'étais devenu un parfait salaud. Je téléphonai à Jérémie pour le mettre au courant de mes dernières déductions, mais on me répondit qu'il avait filé en hélicoptère pour une destination inconnue. En hélicoptère? Quelle curieuse idée! Je faillis appeler Salvagnac, mais j'eus peur de ce qu'il pourrait me dire encore sur le compte d'Évelyne contre laquelle il m'avait si brutalement prévenu. Par lâcheté, je m'abstins.

Vers vingt heures, après m'être bien reposé, et me sentant en pleine forme physique sinon morale, je tentai de joindre l'inspecteur Laframboise, mais nul ne put m'apprendre où il se trouvait. Tout ce qu'on consentit à me confier c'est qu'il était passé dans son bureau vers dix-neuf heures pour le quitter presque aussitôt. Après tout, Jérémie n'avait aucune raison de se préoccuper de moi, surtout qu'il savait que je me rendrais chez Évelyne pour y réveillonner. J'aurais pourtant bien aimé lui exposer mes nouvelles théories si péniblement échafaudées. Je me débrouillerais donc seul, comme un grand. Une demi-heure plus tard, j'étais dans la rue. Il y régnait un froid vif, mais le ciel complètement dégagé laissait voir les étoiles. Je gagnai le cours de l'Intendance presque désert. Des hommes, des femmes emmitouflés se hâtaient, les bras chargés de paquets, vers des demeures amies. C'est à l'occasion de fêtes comme Noël que le solitaire ressent vraiment sa solitude. Vieux truisme que l'on raille mais dont il faut toujours, à un moment de son existence, éprouver la réalité.

Cela me faisait du bien de marcher. L'exercice physique me redonnait le contrôle de mes nerfs. Sans amertume exagérée, je mesurais l'inanité de mes efforts pour me creuser une place dans la vie. Matériellement, je ne pouvais me plaindre mais, demain? Dans les Services Spéciaux on n'amasse guère de fortune susceptible de vous assurer des jours paisibles quand l'heure est venue — toujours trop tôt — de s'arrêter. Il est rare qu'à ce moment-là, on soit particulièrement en bon état. Mais lorsqu'on entre aux Services Spéciaux, on ne songe jamais à la manière dont on en sortira. C'est préférable.

De la place de la Comédie, je remontai les Allées de Tourny, puis m'engageai dans l'interminable rue Fondaudège. J'eus la chance de rencontrer un taxi qui rentrait sur Cauderan avec l'espoir de cueillir un client sur son chemin.

Vers dix heures, je sonnai à la porte d'Évelyne. Elle me reçut avec une gentillesse, une douceur qui me réchauffèrent, et tout de suite je m'en voulus des mauvaises pensées qui m'avaient tenu compagnie tout l'après-midi.

— Tony... J'aurais souhaité vous rencontrer dans d'autres circonstances.

— Sans ces circonstances, Évelyne, nous ne nous serions jamais rencontrés.

Nous passâmes dans la salle de séjour et là, comme deux êtres se sachant mutuellement épris l'un de l'autre, mais goûtant un plaisir d'avare à ne pas se le confier tout de suite, nous nous racontâmes nos vies. Évidemment, la mienne offrait plus de piment que l'existence menée par Évelyne jusqu'à ce jour. Évoquant les paysages traversés, des décors anciens, des amis disparus, persuadés que cette double évocation de nos passés servirait de base à notre bonheur de demain, nous atteignîmes minuit sans trop nous en apercevoir.

Lorsque la pendule lâcha les douze coups de l'heure, spontanément Évelyne se jeta dans mes bras et nous échangeâmes notre premier baiser.

— Tony... Si les autres se doutaient, ils me blâmeraient mais... Marc n'était qu'un ami fidèle... Un frère... Je veux vivre !

Je la pressai plus étroitement contre moi et chuchotai :

— Moi aussi, j'en ai assez de l'existence que j'ai menée jusqu'ici... Cette incessante incertitude du lendemain... Ces séjours dans des villes qui vous demeurent hostiles... Et toujours la mort, la souffrance, la violence, le crime... Moi aussi, mon amour, j'aspire à autre chose !

Nous nous mîmes à table, de chaque côté d'un guéridon Second Empire. Un menu délicat : bloc de foie gras sur un lit de glace, un chaud-froid de poulet et un ananas entier mais creusé et rempli d'une bavaroise; du champagne. Évelyne et moi n'éprouvions nul besoin de nous le dire pour savoir que nous étions heureux. Dans l'euphorie du moment, j'avais oublié toutes mes vilaines pensées de l'après-midi ou mieux je ne m'en souciais plus. Il n'existait plus qu'Évelyne et moi. Peut-être plus loin, mais beaucoup plus loin, le reste du monde, un monde qui ne nous intéressait pas. Nous avions mis la radio en sourdine.

— Tony, le temps va vite... Terriblement vite... Quand je songe qu'il y a à peine une quinzaine que Marc m'a quittée pour toujours... que ma vie est sur le point de changer complètement. Il me semble que je revois Marc recevant la clef du garage... Et me faisant au revoir de loin... Oui, Tony, ce bras noir et blanc, c'était un peu, sans que je m'en doute, un signe que m'adressait le destin, un changement de direction que le hasard m'imposait...

Une chape de froid me tomba brusquement sur les épaules, m'enveloppa la poitrine, m'empêchant de respirer. Évelyne remarqua le changement qui s'opérait en moi :

— Que vous arrive-t-il, Tony?

— Presque rien, chère Évelyne, presque rien... Simplement, vous venez de me donner la preuve irréfutable que, depuis notre première rencontre, vous me mentez!

— Vous êtes fou!

Le chagrin et la rage se mêlaient en moi, me rendant — assez paradoxalement — une lucidité perdue.

— Ne vous défendez pas, Évelyne... Épargnez-moi l'humiliant spectacle d'une défense impossible... C'est moi qui ai déterré le corps de votre mari, ma chère, et il portait une sorte de blouson... Pourquoi le meurtrier lui aurait-il changé ses vêtements?

— Je... Je me serai trompée... Ce n'est qu'une erreur

de mémoire... Marc avait l'habitude de mettre cette veste voyante quand nous partions là-bas... Maintenant je me souviens, en effet, qu'il portait ce jour-là un blouson... Et c'est parce que depuis si longtemps je le voyais avec cette veste noire et blanche que j'ai cru me souvenir de son bras noir et blanc...

— Alors... Allez me chercher cette veste, Évelyne.

Tout de suite, elle perdit pied. La peur en même temps que la colère commencèrent à enlaidir son joli visage. Elle tenta de jouer les indignées.

— Ainsi, vous n'avez pas confiance en moi?

— Non.

Elle essaya d'une autre arme.

— Tony, vous êtes en train de tout démolir, pour une stupide histoire de veste!

— Pas si stupide que cela, Évelyne, puisqu'elle risque de vous expédier en prison pour jusqu'à la fin de vos jours.

— Vous ne savez plus ce que vous dites!

— Oh! Si! Désirez-vous que je vous explique pourquoi vous ne pouvez pas me montrer la veste à carreaux noirs et blancs de votre mari? Parce que lorsque votre complice l'a eu tué là-bas au Cap Ferret, il a enfilé la veste de votre époux. C'est lui que vos voisins d'en face ont pris pour Marc parce qu'eux aussi, victimes de l'habitude, n'ont vu que le bras tendu pour recevoir la clef du garage, et parce que ce bras portait la veste de Gajan, ils en ont conclu que c'était bien Gajan. Sans s'en douter, ce sont ces braves gens qui ont faussé l'enquête et trompé involontairement Laframboise et Salvagnac. C'est pour lui voler son dossier que votre amant a tué votre mari, n'est-ce pas?

Elle ne répondit pas tout de suite, prenant le temps

d'allumer une cigarette. A la radio, des chansons avaient remplacé la musique sacrée. Nous réintégrions la vie de tous les jours.

— Ce n'est pas mon amant, Tony, mais mon associé.

— Tournon?

Elle hésita imperceptiblement.

— Vous êtes décidément beaucoup plus fort que je ne le croyais.

— Où est le dossier?

— Ici.

— Alors, en Espagne, ce ne sont que des contacts que vous avez pris?

— Oui.

— Qui avez-vous envoyé là-bas?

— Quelle importance?

Je me levai.

— Vous avez raison... Je n'appartiens pas à la Police Criminelle. Laframboise se débrouillera avec ses cadavres... Moi, ce que je veux, c'est le dossier, le reste, je m'en fiche, ce n'est pas mon métier.

Elle se leva à son tour.

— Je pense que je n'ai plus le choix, n'est-ce pas?

— Je le pense aussi.

Elle se dirigea vers un secrétaire. J'entendis un déclic et un panneau coulissa. Elle se retourna vers moi, tenant une grosse enveloppe de la main gauche, un revolver de la main droite. Je sifflai d'admiration.

— Vous avez pris goût au sang?

— Je ne veux pas avoir fait tout ce que j'ai fait pour rien! Ces papiers représentent une fortune... J'ai, pour l'instant, trois acheteurs. C'est l'assurance pour moi de mener une existence confortable, agréable... Tony, vous n'êtes pas un homme comme les autres. Vous n'appartenez pas au troupeau. Vous m'aimez, j'en suis sûre. Je vous aime. Qu'avons-nous à nous soucier des autres? Partons ensemble. Nous nous installerons à l'étranger et nous essaierons d'être heureux. Je suis persuadée que nous y parviendrons. Si vous m'obligez à vous tuer, je ne pourrai plus jamais connaître le bonheur. Si vous me livrez à la police, Tony, vous ne vous en consolerez jamais.

Elle avait raison. Je l'aimais et je n'aimais plus mon métier. Pourquoi tout sacrifier à une morale transgressée durant toute mon existence? Moi aussi, j'avais tué pour des motifs différents, bien sûr, mais j'avais tué. Évelyne s'affirmait une cynique, mais n'en étais-je pas un? Notre commune tendresse pouvait nous transformer. Personnellement, je ne risquais rien. Après l'aveu de mon échec, j'attendrais quelques mois avant de rendre effective cette démission dont j'avais eu l'habileté de parler déjà au Patron. Je rejoindrais Évelyne quelque part en Occident où nous vivrions ensemble.

— Alors, Tony, que décidez-vous?

J'allais lui ouvrir les bras pour sceller notre accord et annoncer mon reniement lorsque la radio nous donna : *Le gros Bill...*, la chanson que ne cessait de siffler Triviers. Un pareil hasard... J'eus le sentiment que le fantôme de mon compagnon d'autrefois s'arrachait au royaume des ombres pour me rappeler mes promesses, pour me dire que je n'avais pas le droit de faire ce que je m'apprêtais à faire. Et derrière Triviers, il y avait la pauvre Suzanne et la frêle Linda, mortes à cause de moi.

— Évelyne... Qui a tué Triviers?

— Mon associé.

— Pourquoi?

— Votre collègue avait surpris une conversation entre lui et moi.

— Et Suzanne?

— Elle était jalouse... La jalousie rend parfois intelligent, Tony. Elle a su que Tournon et moi, nous nous voyions fréquemment. Elle a eu peur, sans doute, que je le lui reprenne. Et puis, je crois qu'elle avait reçu des confidences de Marc qui, lui aussi, devait croire que je le trompais... Enfin, dans le sens communément admis.

— Pourquoi Linda?

— Parce que son amour aveugle pour Fred lui a permis de pressentir les dangers qu'il courait. Vous aviez choisi Sougeal comme coupable, cela arrangeait parfaitement nos affaires.

— Et c'est Tournon qui, ce matin...

— Oui.

— Mais le coup de la photo?

— Tournon l'a placée dans le sous-verre après avoir tué Linda.

— Et tout cela sans que vous éprouviez vous, la moindre pitié pour cette jeune femme ou pour cet homme qui vous aimait?

— Les imbéciles ne comptent pas à mes yeux.

— Alors, tirez, Évelyne, car je compte parmi ces imbéciles pour avoir cru en vous, pour vous aimer... Pour ne pouvoir cesser de vous aimer!

Elle leva doucement son arme.

— Réfléchissez encore, Tony... Vous m'aimez, je vous aime... Pourquoi nous détruire l'un l'autre, pour des morts?

— Trop tard, Évelyne, ma résolution est prise. Je préfère mourir et continuer à être un imbécile.

Elle abaissa le bras.

— Je ne peux pas vous tirer dessus, Tony, parce que je vous aime... je n'aurai pas cru qu'une pareille chose pût m'arriver jamais... Écoutez : laissez-moi partir... Donnez-vous le temps de réfléchir... Et peut-être me rejoindrez-vous plus tard? Je vous attendrai le temps qu'il faudra!

— Non... Tout ce que je peux vous proposer, c'est ceci : vous me remettez ce dossier et je vous accorde les heures nécessaires pour gagner l'Espagne. Lorsque j'aurai le coup de téléphone me signalant votre arrivée de l'autre côté de la frontière, je prendrai le train pour Paris.

— Et vous me rejoindrez?

— Je ne crois pas.

— Il me faut donc vous tuer ou abandonner tout ce pour quoi je me suis faite la complice de tous ces crimes?

— Exactement.

Elle me fixait intensément. Pour moi, j'acceptais de mourir. Un agent secret se conduisant de la façon dont je m'étais conduit, ne mérite plus de vivre. Je me crispai un peu lorsqu'elle leva de nouveau son arme dans ma direction. Je crus voir son index appuyer sur la gâchette. J'eus le temps de penser que Laframboise et Salvagnac, en découvrant mon cadavre, se confieraient mutuellement que j'eusse été bien inspiré de les écouter ou bien que ma réputation devait avoir été surfaite. Mais, Évelyne laissa retomber son bras et gémit :

— Je ne peux pas!... Tony, je n'ai pas le courage de tuer le seul homme que j'aie jamais aimé...

Elle me lança le dossier que j'attrapai au vol tandis qu'elle ajoutait d'une voix pleine de larmes :

— Je partirai dans un instant, Tony... Je vous téléphonerai, et malgré tout, je vivrai dans l'espoir que vous me rejoindrez un jour... Tony, promettez-moi que vous viendrez?

Bouleversé, je n'eus pas le temps de répondre car, derrière moi, un autre répliquait à ma place :

— Non, Évelyne, il ne viendra pas.

Je me retournai lentement. Salvagnac nous tenait tous deux sous la menace de son revolver. Du coup, je fus complètement désemparé. Salvagnac!... Il lut dans mon regard mon désarroi.

— Eh! Oui! Tony, c'était moi...

— Salvagnac... Ce n'est pas possible?

— Eh si! Asseyez-vous, Tony et vous aussi Évelyne... Ne bougez pas, hein? Sinon je tire tout de suite... Évelyne, ma chère, ce n'est pas joli ce que vous vous apprêtiez à faire... Vous étiez sur le point de me trahir, ma toute bonne, hein? Qui aurait pensé que vous aviez un cœur et que ce cœur se mettrait à battre pour notre Tony? Car elle vous aime, Tony, il n'y a pas d'erreur... Et si cela peut vous être agréable, sachez qu'il n'y a rien entre elle et moi, sauf quelques meurtres.

Figée, Évelyne ne bougeait pas. On l'eût dite fascinée. Pour moi, je ne parvenais pas à me remettre de ma surprise.

— Tony, me voilà dans l'obligation de vous tuer... Pas de gaieté de cœur, car vous m'étiez très sympathique, seulement, il y a ma sécurité et vous êtes trop vieux dans le métier pour ne pas admettre que le sentiment n'est pas notre lot.

— Mais pourquoi? Pourquoi? Vous avez un garage qui semble bien marcher. Alors?

— Vous risquez de me prendre pour un mégalomane, mais tant pis! Tony, on m'a flanqué à la retraite, jugeant que les blessures reçues en service commandé m'avaient diminué au point que je ne pouvais plus être d'aucune utilité. J'ai tenu à leur démontrer le contraire. Madame, ici présente, m'en a fourni l'occasion, c'est pourquoi, lorsque vous aurez quitté cette terre, je l'emmènerai avec moi pour lui remettre sa part et lui permettre d'avoir l'existence dont elle a toujours rêvé. Je veux oublier qu'elle a failli me trahir. Je suis très compréhensif, Tony, et les égarements de la passion me trouvent toujours indulgent.

Elle tenta de plaider pour moi.

— Antoine... Laissez Tony tranquille et je vous abandonne le dossier.

— Impossible, ma chère... Quoi qu'il en pense maintenant, il me traquerait ou du moins me susciterait bien des ennuis et... je ne tiens pas à avoir des ennuis.

Pour moi, je ne songeais pas à mon avenir extrêmement limité. J'essayais de comprendre pourquoi et de quelle façon Salvagnac nous avait roulés, Jérémie et moi. Je n'y parvenais pas. Salvagnac me montra à Évelyne :

— Prenez exemple sur lui. Voyez comme il est calme. Non pas résigné, mais calme parce que lui sait qu'il m'est impossible d'agir autrement. Dans notre métier on ne s'insurge pas contre l'inévitable.

Elle le supplia. Il ne voulut rien entendre.

— Je vous en prie, ma chère, montrez autant de dignité que notre ami Tony qui se préoccupe moins de son sort que de s'efforcer de deviner ce qui s'est passé.

Je le regardai franchement.

— C'est vrai.

— Eh bien! mon vieux, puisque c'est la nuit de Noël et que nul ne nous dérangera, je veux éclairer votre lanterne. Au surplus, j'avoue que je ne serais pas mécontent de vous entendre reconnaître que je vous ai eu. Au fond, comme toutes les belles réussites, le schéma en est très simple. Au départ, un savant — Marc Gajan — qui a épousé une femme fort ambitieuse et qui a misé sur sa réussite. La vraie nature de cette dame n'est guère connue que de son ancien amant, le sieur Tournon, un faible, et une ancienne collègue, Suzanne Crastes.

Évelyne baissait la tête, je ne pouvais distinguer son visage.

— Contrairement à ce qu'il vous assure, si Tournon ne fréquentait pas le ménage Gajan, il était resté en excellents termes avec Marc. Il a su, avant tout le monde, que son ingénieur avait abouti dans ses recherches. C'est presque à ce moment-là que j'interviens. Parce que Fred Sougeal, amoureux de Madame, se montrait l'ami numéro un du couple qui se rendait assez souvent en sa compagnie à l'*Anneau de Saturne* où travaillait ma maîtresse Linda Deal.

— Comment? Linda Deal était...

— Eh oui!... Je veux croire que votre étonnement tient plus à la suite des événements qu'à mon physique, n'est-ce pas? Liaison d'ailleurs fort discrète que même Sougeal ignorait, d'abord parce que lui ne se souciait que d'Évelyne et qu'ensuite Linda l'aimait. Mme Gajan et moi-même nous nous saluions en habitués de la boîte de Fred, puis nous sommes entrés en relation, et comme Paris m'avait demandé de garder l'œil sur Marc, nous nous entendîmes très vite. Un soir, elle me mit au courant de ses préoccupations : son mari, parvenu au terme de ses travaux entendait, patriote, en faire bénéficier son pays alors que d'autres gouvernements intéressés étaient prêts à lui verser de très grosses sommes pour lui acheter son invention. A partir de là, tout marcha comme sur des roulettes.

Évelyne releva un visage baigné de larmes.

— Par pitié, Antoine, arrêtez-vous...

— Pourquoi? Je dois bien ces explications à mon estimé collègue, non? Et puis je ne tiens pas à me priver du plaisir de lui montrer qu'en dépit de sa réputation, je suis beaucoup plus fort que lui!

Pour moi, j'estimais préférable que Salvagnac continuât à parler. S'il se taisait, il me tuerait aussitôt. Alors tant pis pour la sensibilité d'Évelyne Gajan!

— Marc demeurant irréductible, il fallait qu'il disparût pour que nous pussions nous approprier ses papiers. Je le tuai au Cap Ferret, j'enfilai sa veste et c'est moi dont les voisins des Gajan virent le bras. Je fonçai le soir même vers la frontière espagnole, abandonnai la voiture pour donner l'illusion d'une fuite. J'en profitai pour passer en Espagne afin de rencontrer des acheteurs éventuels. Lorsque je revins, le branle-bas était donné et Triviers arrivait à Bordeaux.

— Et vous l'avez tué.

— Je ne pouvais agir autrement, par la faute de Madame qui, malgré mes interdictions, est venue à mon garage. Il nous y a surpris et j'ai tout de suite compris que la découverte de mes relations avec la femme du disparu lui mettait la puce à l'oreille. Dès lors, il se condamnait. Malheureusement, en allant interroger Tournon, Triviers bavarda avec Suzanne Crastes qu'il mit au courant de sa découverte. Pour celle-ci, il ne fit aucun doute que la mort de Triviers était due à ce qu'il lui avait appris. D'après la conduite de Tournon à votre égard, Tony, il semble que Suzanne ne lui ait pas révélé ses soupçons. Par contre, lorsque vous vous êtes présenté à elle, vous l'avez sûrement séduite et elle a décidé de vous apprendre ce qu'elle tenait de Triviers. Heureusement pour moi, vous avez mis Évelyne au courant, elle m'a téléphoné et j'ai éliminé Suzanne Crastes. Les choses se compliquaient d'autant plus que Laframboise se mêlait de l'affaire et je redoutais Laframboise dont je connaissais les qualités.

— Vous aviez raison, Salvagnac. Il ne vous lâchera pas.

— J'en suis persuadé et c'est pourquoi nous filerons plus tôt que prévu, Madame et moi. Je ne vous cache pas, Tony, qu'après la mort de Suzanne Crastes, j'étais bougrement embêté mais le hasard me vint en aide en vous faisant tomber amoureux d'Évelyne. Un atout inespéré! Par l'intermédiaire de ma complice, tout en vous prévenant contre elle — et convenez que cela fut très habile — je lui demandais de diriger vos soupçons sur Fred Sougeal. Vous avez foncé dans le piège où la jalousie vous poussait. La découverte du corps de Marc près de la maisonnette de Sougeal appuyait vos soupçons. Cependant le sort, changeant soudain de camp, joua contre moi et à cause d'une femme encore. Seule, Linda Deal, parce qu'elle aimait Fred, avait compris notre manœuvre. Si elle ne vous a pas parlé plus tôt c'est qu'elle me redoutait. Il faut dire que je lui avais fait quelques promesses au cas où elle me trahirait, qui lui donnaient sûrement à réfléchir. Mais, sa tendresse l'emporta sur sa peur. Quand elle fut convaincue que vous souhaitiez accabler Sougeal, elle décida de tout vous raconter et vous donna rendez-vous chez elle. Vous eûtes la bonté de me mettre au courant. Il importait donc qu'à son tour, Linda quittât cette terre. Je combinai un petit truc dont — vous me pardonnerez mon immodestie, Tony — je suis passablement fier. Évelyne, imitant la voix de Linda, tira Fred de son sommeil pour lui demander de venir chez elle un peu avant onze heures, ayant des révélations graves à lui communiquer au sujet de la mort de Marc. Je vous ai roulés, Tony, Laframboise et vous, en vous assignant des postes dans la rue Moncelet. Si j'avais choisi l'allée du 137 c'est qu'elle ouvre sur une cour où donne la porte de service du 135. Quelques minutes avant l'arrivée de Sougeal, je grimpai chez Linda, la tuai et glissai dans le sous-verre dont j'avais ôté ma photo, celle de Fred. J'étais persuadé qu'affolé, il enlèverait cette photo compromettante. Sougeal a plus de muscle que de cervelle. Tout s'est déroulé comme prévu et je pouvais respirer lorsque j'appris, de votre bouche, mon vieux, que vous réveillonniez avec Évelyne. Cela me surprit. Je téléphonai à Madame qui ne sut pas me donner le change. Je vis qu'une fois encore je me heurtais à l'amour et qu'il me fallait de nouveau intervenir. En somme, c'est à elle que vous devez de mourir encore jeune, Tony.

Évelyne poussa un véritable cri.

— Non! Non! Assez de sang! Assez de crimes!

— Calmez-vous, ma chère... Nous sommes obligés d'aller jusqu'au bout, maintenant. Tony, il y a longtemps que je suis derrière cette porte et que je vous écoute. Je vous félicite pour votre travail. Vous avez admirablement utilisé l'erreur que j'ai commise en oubliant de remettre à Marc sa veste à carreaux lorsque j'ai eu joué mon petit scénario pour les voisins. Mais, franchement, je ne me suis pas senti le courage de retourner au Cap Ferret, de déterrer le cadavre et de le réenterrer. Convenez, cependant, que vous ne vous doutiez absolument pas de mon rôle jusqu'à ce que j'apparusse.

— J'en conviens. Vous m'avez parfaitement possédé, Salvagnac.

— Merci. Croyez-moi, Tony, même après vous avoir entendu, je n'étais pas tellement décidé à vous supprimer, seulement l'attitude de Madame à votre endroit portait votre condamnation. La tendresse dont elle témoignait me disait assez qu'elle ne tarderait pas à vous livrer mon nom de même qu'elle vous remettait ce dossier pour lequel je suis devenu un criminel... Nous sommes l'un et l'autre des victimes de l'amour, Tony. Avec mes regrets, mon vieux.

Il leva son arme sur moi mais Évelyne tira la première. Malheureusement, elle ne possédait plus assez de sang-froid et sa balle s'en fut se loger au-dessus de la porte. Salvagnac lui, avait conservé ses réflexes, il tira presque en même temps. Évelyne mourut avant de toucher le plancher. Le tueur ne semblait pas tellement content de lui.

— Dommage... Je ne le désirais pas. Mais convenez qu'elle a fait ce qu'il fallait pour m'amener à ce geste de défense. Je tire vite et bien. Je le regrette. Elle vous aimait vraiment, Tony. Elle vous en a donné la meilleure preuve.

Je ne répondis pas. A quoi bon? Salvagnac hésitait.

— Écoutez, Tony. Pour que le sacrifice d'Évelyne n'ait pas été vain, je vous accorde la vie sauve, mais à deux conditions : vous me remettez le dossier et vous me donnez votre parole de ne rien tenter contre moi avant vingt-quatre heures d'ici. D'accord?

— Non.

— Vous vous condamnez à mort.
— Tant pis.
— Pourquoi ce suicide?
— Pour des raisons que vous ne pouvez plus comprendre : la fidélité à la parole donnée, la fidélité à un mort et — vous allez rire — mon devoir.
— Vous l'aurez voulu, Tony.

Je fermai les yeux quand il braqua son arme sur moi. Le coup de feu claqua mais je ne ressentis rien. M'avait-il manqué exprès? J'ouvris les paupières. Salvagnac, par terre, gémissait en se tenant la poitrine. Du sang coulait entre ses doigts et sur le seuil de la pièce, se tenait ce bon vieux Jérémie qui se contenta de remarquer :

— Je crois être arrivé à temps.

Salvagnac parvint à se redresser et à s'asseoir sur le plancher. Il suppliait à son tour :

— Appelez vite l'hôpital... ou je vais crever!

Sans répondre, je me penchai et pris le revolver qu'Évelyne tenait encore dans sa main crispée. Salvagnac comprit.

— Vous... Vous n'allez pas...
— Si.
— Vous n'oserez pas...
— Si. Pour l'honneur de notre métier, Salvagnac... Un de nos agents ne peut pas trahir.

Je tirai avant qu'il n'ait eu le temps de protester à nouveau. Puis je me tournai vers Laframboise :

— Excusez-moi d'avoir manqué à ma parole, Jérémie... Mais j'aimais Évelyne... Vous vous débrouillerez pour qu'il n'y ait pas d'autopsie ou du moins que ses résultats ne nous créent pas de complications inutiles. Au besoin je demanderai l'intervention de mon chef.

Jérémie opina de la tête et avant d'appeler ses collègues par téléphone, annonça :

« Comme ils choisissent leurs voies et que leur âme se complaît dans leurs abominations, moi aussi je choisirai leur infortune, et je ferai venir sur eux ce qu'ils redoutent. » Ainsi parlait le prophète Isaïe.

ÉPILOGUE

Jérémie avait tenu à m'accompagner jusqu'à la gare Saint-Jean où je prenais le rapide de Paris, le dossier Gajan dans ma valise. Pendant que nous nous promenions sur le quai, devant mon wagon, Laframboise me précisait :

— En somme, tout s'est déclenché en moi pendant notre déjeuner chez Lagaillarde. Je vous avais dit l'impossibilité où j'étais de croire à ce personnage d'aventurier international que nous imposions à Sougeal. Mais s'il n'était pas le coupable, où se cachait celui-ci? C'est alors que je reçus un véritable coup de fouet lorsque Salvagnac cita l'endroit où Izotches avait franchi la frontière en compagnie de Fred. Cet endroit, ni vous ni moi ne le connaissions. Comment, alors, Salvagnac pouvait-il être au courant? En vous quittant, j'ai pris un hélicoptère qui m'a porté à Sare où j'ai montré à Izotches la photographie de Salvagnac. Il l'a reconnue pour celle de l'homme à qui il avait servi de guide. Dès lors, tout s'expliquait, tout ce qui nous semblait relever de la fantasmagorie redevenait très simple puisque vous mettiez le criminel au courant de toutes nos initiatives. Dès mon retour, je me suis attaché aux pas de Salvagnac en nous relayant, avec mes inspecteurs, pour le filer. Quand j'ai appris qu'il arrivait chez Mme Gajan où je vous savais en train de réveillonner, je suis accouru.

Le haut-parleur invita les voyageurs à monter en voiture. Je pris la main de Laframboise dans la mienne.

— Jérémie, dès demain matin je demande au Patron de s'arranger pour que vous soyez muté chez nous. Je crois que nous formerons une bonne équipe, vous et moi.

Me regardant dans les yeux, Laframboise répliqua tranquillement.

— Je le crois aussi, Tony.

Le Club des Masques

BAHR E.J.
493 L'étau

BARNARD Robert
535 Du sang bleu sur les mains
557 Fils à maman

CHEYNEY Peter
6 Rendez-vous avec Callaghan
23 Elles ne disent jamais quand
31 Et rendez la monnaie
41 Navrée de vous avoir dérangé
57 Les courbes du destin
74 L'impossible héritage

CHRISTIE Agatha
(85 titres parus, voir catalogue général)

CURTISS Ursula
525 Que désires-tu Célia ?

DIDELOT Francis
524 La loi du talion

ENDRÈBE Maurice Bernard
512 La vieille dame sans merci
543 Gondoles pour le cimetière

EXBRAYAT
(96 titres parus, voir catalogue général)

FERM Betty
540 Le coupe-papier de Tolède

FERRIÈRE Jean-Pierre
515 Cadavres en vacances
536 Cadavres en goguette

FISH et ROTHBLATT
518 Une mort providentielle

FOLEY Rae
517 Un coureur de dot
527 Requiem pour un amour perdu

GILBERT Anthony
505 Le meurtre d'Edward Ross

HINXMAN Margaret
542 Le cadavre de 19 h 32 entre en gare

IRISH William
405 Divorce à l'américaine
430 New York blues

KRUGER Paul
513 Brelan de femmes

LACOMBE Denis
456 La morte du Causse noir
481 Un cadavre sous la cendre

LANG Maria
509 Nous étions treize en classe

LEBRUN Michel
534 La tête du client

LONG Manning
519 Noël à l'arsenic
528 Pas d'émotions pour Madame

LOVELL Marc
497 Le fantôme vous dit bonjour

MARTENSON Jan
495 Le Prix Nobel et la mort

MONAGHAN Hélène de
452 Suite en noir
502 Noirs parfums

MORTON Anthony
545 Le baron les croque
546 Le baron et le receleur
547 Le baron est bon prince
548 Noces pour le baron
549 Le baron se dévoue
550 Le baron et le poignard
552 Le baron et le clochard
553 Une corde pour le baron
554 Le baron cambriole
556 Le baron bouquine
558 L'ombre du baron
560 Le baron riposte
563 Le baron voyage
565 Le baron est prévenu
559 Le baron passe la Manche
566 Le baron et les œufs d'or
567 Un solitaire pour le baron
569 Le baron aux abois
570 Le baron et le sabre mongol
571 Le baron et le fantôme
573 Larmes pour le baron
574 Une sultane pour le baron
579 Piège pour le baron
580 Le baron risque tout
581 Le baron et le masque d'or

PICARD Gilbert
477 Le gang du crépuscule
490 L'assassin de l'été

RATHBONE Julian
511 A couteaux tirés

RENDELL Ruth
451 Qui a tué Charlie Hatton?
501 L'analphabète
510 La danse de Salomé
516 Meurtre indexé
523 La police conduit le deuil
544 La maison de la mort
551 Le petit été de la St. Luke
576 L'enveloppe mauve

RODEN H.W.
526 On ne tue jamais assez

SALVA Pierre
475 Le diable dans la sacristie
484 Tous les chiens de l'enfer
503 Le trou du diable

SAYERS Dorothy L.
400 Les pièces du dossier

SIMPSON Dorothy
533 Le chat de la voisine

STOUT Rex
150 L'homme aux orchidées

STUBBS Jean
507 Chère Laura

SYMONS Julian
458 Dans la peau du rôle

THOMSON June
521 La Mariette est de sortie
532 Champignons vénéneux
577 Pas l'un de nous

UNDERWOOD Michaël
462 L'avocat sans perruque
485 Messieurs les jurés
531 La main de ma femme
539 La déesse de la mort

WAINWRIGHT John
522 Idées noires

WATSON Colin
467 Cœur solitaire

WILLIAMS David
541 Trésor en péril

WINSOR Roy
491 Trois mobiles pour un crime

Les Maîtres du Roman Policier

Première des collections policières en France, Le Masque se devait de rééditer les écrivains qu'il a lancés et qui ont fait sa gloire.

ARMSTRONG Anthony
1859 Dix minutes d'alibi

ARMSTRONG Charlotte
1740 L'étrange cas des trois sœurs infirmes
1767 L'insoupçonnable Grandison

BEEDING Francis
238 Le numéro gagnant

BERKELEY Anthony
1793 Le club des détectives
1880 Une erreur judiciaire

BIGGERS Earl Derr
1730 Le perroquet chinois

BOILEAU Pierre
252 Le repos de Bacchus *(Prix du Roman d'Aventures 1938)*
1774 Six crimes sans assassin

BOILEAU-NARCEJAC
1748 L'ombre et la proie
1829 Le second visage d'Arsène Lupin
1849 Le secret d'Eunerville
1868 La poudrière
1889 La justice d'Arsène Lupin

BRUCE Leo
261 Trois détectives
1788 Sang-froid

CARR John Dickson
1274 Impossible n'est pas anglais
1735 Suicide à l'écossaise
1785 Le sphinx endormi
1794 Le juge Ireton est accusé
1799 On n'en croit pas ses yeux
1802 Le marié perd la tête
1843 Les yeux en bandoulière
1850 Satan vaut bien une messe
1863 La maison du bourreau
1876 La mort en pantalon rouge
1883 Je préfère mourir
1891 Le naufragé du Titanic *(juil. 87)*
1898 Un fantôme peut en cacher un autre *(oct. 87)*
1906 Meurtre après la pluie *(déc. 87)*

CRISPIN Edmund
1839 Un corbillard chasse l'autre

DARTOIS Yves
232 L'horoscope du mort

DIDELOT Francis
1784 Le coq en pâte

DISNEY Doris Miles
1811 Imposture

DOYLE Sir Arthur Conan
124 Une étude en rouge
1738 Le chien des Baskerville

ENDRÈBE Maurice Bernard
1758 La pire des choses

FAIR A.A.
1745 Bousculez pas le magot
1751 Quitte ou double
1770 Des yeux de chouette
1905 Le doigt dans l'œil *(déc. 87)*

FAST Julius
1901 Crime en blanc *(nov. 87)*

GARDNER Erle Stanley
1797 La femme au masque

GOODIS David
1823 La police est accusée

HALL G. Holliday
1892 L'homme de nulle part *(juil. 87)*

HEYER Georgette
297 Pourquoi tuer un maître d'hôtel ?
484 Noël tragique à Lexham Manor

HUXLEY Elspeth
1764 Safari sans retour

IRISH William
1875 Divorce à l'américaine
1897 New York blues *(oct. 87)*

JEFFERS H. Paul
1807 Irrégulier, mon cher Morgan

KASTNER Erich
277 La miniature volée

KING Rufus
375 La femme qui a tué

.EBLANC Maurice
808 Arsène Lupin, gentleman cambrioleur
819 L'aiguille creuse

.EBRUN Michel
759 Plus mort que vif

.EVIN Ira
895 La couronne de cuivre *(sept. 87)*

.OVESEY Peter
201 Le vingt-sixième round
798 La course ou la vie
803 Le bourreau prend la pose
869 Bouchers, vandales et compagnie
887 Le médium a perdu ses esprits *(Prix du Roman d'Aventures 1987)*
888 Ô, mes aïeux !

MAGNAN Pierre
778 Le sang des Atrides
804 Le tombeau d'Helios

MILLER Wade
766 La foire aux crimes

MILNE A.A.
527 Le mystère de la maison rouge

NARCEJAC Thomas
355 La mort est du voyage *(Prix du Roman d'Aventures 1948)*
775 Le goût des larmes

PALMER Stuart
117 Un meurtre dans l'aquarium
783 Hollywood-sur-meurtre

PRONZINI Bill
737 L'arnaque est mon métier

QUENTIN Patrick
166 Meurtre à l'université
251 L'assassin est à bord
860 Lettre exprès pour miss Grace

ROSS Jonathan
756 Une petite morte bien rangée

RUTLEDGE Nancy
753 Emily le saura

SAYERS Dorothy L.
174 Lord Peter et l'autre
191 Lord Peter et le Bellona Club
754 Arrêt du cœur

SÉCHAN O. et MASLOWSKI I.
395 Vous qui n'avez jamais été tués *(Prix du Roman d'Aventures 1951)*

SHERRY Edna
1779 Ils ne m'auront pas

SLESAR Henry
1776 Mort pour rire

STAGGE Jonathan
1736 Chansonnette funèbre
1771 Morphine à discrétion
1789 Du sang sur les étoiles
1809 La mort et les chères petites
1818 Le taxi jaune
1833 Pas de pitié pour la divine Daphné

STEEMAN Stanislas-André
84 Six hommes morts *(Prix du Roman d'Aventures 1931)*
95 La nuit du 12 au 13
101 Le mannequin assassiné
113 Un dans trois
284 L'assassin habite au 21
305 L'ennemi sans visage
388 Crimes à vendre
1772 Quai des Orfèvres
1812 La morte survit au 13
1854 Le trajet de la foudre
1864 Le condamné meurt à 5 heures
1902 Le démon de Sainte-Croix *(nov. 87)*

TEY Josephine
1743 Elle n'en pense pas un mot

THOMAS Louis C.
1780 Poison d'avril

VERY Pierre
60 Le testament de Basil Crookes *(Prix du Roman d'Aventures 1930)*

WALSH Thomas
1872 Midi, gare centrale

WAUGH Hillary
1814 Cherchez l'homme
1840 On recherche...
1884 Carcasse

LE MASQUE

BABSON Marian
1712 Chapeau, miss Orpington !

BACHELLERIE
1791 L'île aux muettes
(Prix du roman d'Aventures 1985)
1795 Pas de quoi noyer un chat
(Prix du Festival de Cognac 1985)
1796 Il court, il court, le cadavre
1800 La rue des Bons-Apôtres

BARNARD Robert
1714 Ah ! quelle famille

BENNETT Dorothea
1765 Deux et deux font trois

BENZIMRA André
1717 Pour te revoir, Jonathan

BRETT Simon
1787 Le théâtre du crime
1813 Les coulisses de la mort
1858 Chambres avec vue sur la mort

BRUCE Leo
1658 Le tueur d'Albert Park

BURLEY W.J.
1762 On vous mène en bateau

CHRISTIE Agatha
1882 Le flambeau *(inédit. mai 87)*
(85 titres parus, voir catalogue général)

CLARKE T.E.B.
1724 Meurtre au Palais de Buckingham

DEVINE Dominique
1725 Week-end tragique

ELLIN Stanley
1670 Le compagnon du fou
1682 La puce de Beidenbauer
1702 La douzième statue
1729 La dernière bouteille

EXBRAYAT
(96 titres parus, voir catalogue général)

FERRARS Elisabeth
1704 Les cendres du passé

FERRIERE Jean-Pierre
1732 Un climat mortel

FORESTER C.S.
1706 A deux pas du gibet

GRAYSON Richard
1726 Meurtre sur la butte

GRIMES Martha
1703 Un si paisible village
1848 La belle au bois mourant

GRISOLIA Michel
1838 Les sœurs du Nord
(Prix du Roman d'Aventures 1986)
1846 L'homme aux yeux tristes
1847 La madone noire
1874 La promenade des anglaises
1890 650 calories pour mourir *(juil. 87)*

GUIBERT Michel
1610 Le vieux monsieur aux chiens
(Prix du Roman d'Aventures 1980)
1705 Et si on tuait Bérénice ?
1716 Le pot-au-feu de Mme da Ponte

HAUSER Thomas
1853 Agathe et ses hommes

HUMES Larry H.
1708 Saut périlleux

JOBSON Hamilton
1763 Pas un mot aux journaux !

JONES Cleo
1879 Les saints ne sont pas des anges

LOVELL Marc
1693 Enquête au royaume des morts

McCLOY Helen
1697 Permission de tuer

MONAGHAN Hélène de
1379 La mauvaise part
(Prix du Roman d'Aventures 1975)
1683 Demain six heures

POURUNJOUR Caroline
1746 Des voisins très inquiétants
(Prix du Festival de Cognac 1984)

POWERS Elisabeth
1731 Tout ce qui brille

RENDELL Ruth
1589 Étrange créature
1601 Le petit été de la Saint Luke
1616 Reviens-moi
1640 Un amour importun

IMPRIMÉ EN FRANCE PAR BRODARD ET TAUPIN
Usine de La Flèche (Sarthe).
ISBN : 2 - 7024 - 0112 - 0
ISSN : 0768 - 0384

H 31/0136/7